AF204333

Tucholsky   Wagner   Zola   Scott
                                          Fonatne Sydow   Schlegel
  Turgenev   Wallace   Freud

      Twain   Walther von der Vogelweide   Fouqué   Friedrich II. von Preußen
                       Weber   Freiligrath   Frey

Fechner   Weiße Rose   von Fallersleben   Kant   Ernst   Frommel
        Fichte   Richthofen

         Engels   Fielding   Hölderlin
  Fehrs   Eichendorff   Tacitus   Dumas
                Faber   Flaubert
                                            Eliasberg   Ebner Eschenbach
  Feuerbach   Maximilian I. von Habsburg Fock   Eliot   Zweig
                        Ewald   Vergil
         Goethe   Elisabeth von Österreich   London
Mendelssohn Balzac   Shakespeare
                    Lichtenberg   Rathenau   Dostojewski   Ganghofer
    Trackl   Stevenson   Doyle   Gjellerup
Mommsen   Tolstoi   Hambruch
        Thoma   Lenz   Droste-Hülshoff
Dach   Verne   von Arnim Hägele   Hanrieder
       Reuter   Hauff   Humboldt
  Karrillon   Rousseau   Hagen   Gautier
            Garschin   Hauptmann
      Damaschke   Defoe   Baudelaire
                      Descartes   Hebbel
                                          Hegel   Kussmaul   Herder
Wolfram von Eschenbach   Dickens   Schopenhauer
               Darwin   Rilke   George
  Bronner   Melville   Grimm Jerome
       Campe   Horváth   Aristoteles   Bebel   Proust
Bismarck   Vigny   Barlach   Voltaire   Federer   Herodot
              Gengenbach   Heine
  Storm   Casanova   Tersteegen   Grillparzer Georgy
             Chamberlain   Lessing   Langbein   Gryphius
Brentano   Lafontaine
  Strachwitz   Claudius   Schiller   Kralik   Iffland Sokrates
      Katharina II. von Rußland   Bellamy   Schilling
                          Gerstäcker   Raabe   Gibbon   Tschechow
Löns   Hesse   Hoffmann   Gogol   Wilde   Gleim   Vulpius
Luther   Heym   Hofmannsthal   Klee   Hölty Morgenstern
        Roth   Heyse Klopstock   Kleist   Goedicke
Luxemburg   Puschkin   Homer   Mörike
          La Roche   Horaz   Musil
  Machiavelli   Kierkegaard   Kraft   Kraus
Navarra Aurel   Musset   Moltke
           Lamprecht   Kind   Kirchhoff   Hugo
  Nestroy Marie de France
                       Laotse   Ipsen   Liebknecht
  Nietzsche   Nansen   Ringelnatz
         Marx   Lassalle   Gorki   Klett   Leibniz
   von Ossietzky   May   vom Stein   Lawrence   Irving
Petalozzi
       Platon   Pückler   Knigge
  Sachs   Poe   Michelangelo   Kock   Kafka
   de Sade Praetorius   Mistral   Liebermann   Korolenko
                                  Zetkin

Der Verlag tradition aus Hamburg veröffentlicht in der Reihe **TREDITION CLASSICS** Werke aus mehr als zwei Jahrtausenden. Diese waren zu einem Großteil vergriffen oder nur noch antiquarisch erhältlich.

Symbolfigur für **TREDITION CLASSICS** ist Johannes Gutenberg (1400 — 1468), der Erfinder des Buchdrucks mit Metalllettern und der Druckerpresse.

Mit der Buchreihe **TREDITION CLASSICS** verfolgt tradition das Ziel, tausende Klassiker der Weltliteratur verschiedener Sprachen wieder als gedruckte Bücher aufzulegen – und das weltweit!

Die Buchreihe dient zur Bewahrung der Literatur und Förderung der Kultur. Sie trägt so dazu bei, dass viele tausend Werke nicht in Vergessenheit geraten.

Der Unschuldige

Die Geschichte einer Wandlung

John Henry Mackay

Impressum

Autor: John Henry Mackay
Umschlagkonzept: toepferschumann, Berlin

Verlag: tredition GmbH, Hamburg
ISBN: 978-3-8424-0912-5
Printed in Germany

John Henry Mackay

Der Unschuldige

Die Geschichte einer Wandlung

Auch das ist nun schon wieder eine ganze Reihe von Jahren her, und doch steht der Tag noch so deutlich vor mir, als sei er gestern gewesen, der Tag, in dessen Nachmittagsstunden er (der jetzt auch nicht mehr ist) mir die Geschichte seines Freundes erzählte, nachdem uns der Zufall an dem frischen Grabe zusammengeführt.

Denn es war ein reiner Zufall. Es war nicht meine Absicht gewesen der Bestattung beizuwohnen. Dazu hatten wir uns, der Verstorbene und ich, in den langen Jahren zu wenig mehr gesehen, und bei diesen seltenen Gelegenheiten war mir nur allzu deutlich gezeigt worden, daß eine Fortsetzung unserer früheren Bekanntschaft aus der Studentenzeit nicht gewünscht wurde.

Was mich an diesem klaren und trockenen Herbsttag um dieselbe Stunde auf den Kirchhof von Marien führte, war ein anderer Grund: das von Zeit zu Zeit immer wieder auftauchende Gerücht, der schwere Stein, der dort das Grab eines einsamen Denkers deckte, sei von der Friedhofverwaltung entfernt worden (oder drohe doch, entfernt zu werden). Ich überzeugte mich dann jedesmal, daß er noch immer fest und sich auf seinem alten Platze lag.

So sah ich denn, für die Teilnahme an einem Begräbnis auch gar nicht gekleidet, nur aus der Ferne der Bestattung des ord. Professors der Kunstgeschichte an der Universität, Dr. Heinz von Solden, zu. Sie war, wohl auf seinen eigenen hinterlassenen Wunsch, von äußerster Kürze. Auch die Trauerversammlung war wenig zahlreich: ein paar ältere Herren, Kollegen von der gleichen und den anderen Fakultäten, fast sämtlich Träger bekannter Namen; fünf oder sechs junge Leute, zweifellos seine Hörer; und – als einzige Frau unter den Männern – eine tief verschleierte Dame. Nicht seine Frau, denn von Solden war unverheiratet geblieben, und wohl auch keine Verwandte, denn sie hielt sich betont abseits. Doch trat jetzt, wo der Geistliche fast fluchtartig den Ort verließ, fast jeder der Herrn auf sie zu, um sich von ihr zu verabschieden, und die Art, wie sie – bei aller Ehrerbietung – es taten, zeigte, daß sie mit ihr gut bekannt sein mußten. Auch ich erkannte sie jetzt. Es war Frau Professor Rudorff, die Gattin des berühmten Chirurgen.

Wahrend ich mich einem anderen, entfernteren Teile des Kirchhofes zuwandte, um das Grab mit dem schweren Stein unter den vielen anderen neu aufgeschütteten zu suchen, stiegen die Erinnerungen an Heinz von Solden in mir auf, und er stand wieder vor mir, wie er mir – vor dreißig Jahren – erschienen war; stand in voller Lebendigkeit vor mir, so wenig ich auch seitdem Gelegenheit und Lust gehabt, mich seiner zu erinnern und ihn heraufzubeschwören.

Es mußte wohl schwer fallen ihn ganz zu vergessen, für den, der ihn einmal gekannt, wie er damals war: in dem strahlenden Glanze der Jugend; schlank und beweglich; mit den leuchtenden, blauen Augen; der edlen Stirn, über die das blonde Haar in einer so eigensinnigen Locke fiel, daß er es immer wieder mit einem Ruck des Kopfes zurückwerfen mußte; der zarten Nase in dem klugen, gelblichen Gesicht; den schmalen Händen und Füßen; und jener vollkommenen Liebenswürdigkeit des Wesens, sowie einer bezaubernden Gabe des Zuhörens, die sich selbst dem langweiligsten Gesellen gegenüber nicht ganz zu verleugnen vermochte – es wäre schwer gewesen, es ganz zu vergessen, dieses Bild einer reinen und schönheit-trunkenen Jugend, dachte ich wieder, wie ich mich durch die engen Gänge zwischen den Gräbern wand, um endlich das Gesuchte zu finden.

Er war es denn auch gewesen, der unseren kleinen Kreis – (alles noch nicht Zwanzigjährige) – zusammenhielt, in dem wir uns zu Sang und Trunk, ohne Sauferei und Schlägerei, ein oder zweimal wöchentlich zusammenfanden, um (mit Ausnahme von Politik) so ziemlich über alles in der Welt zu reden und zu disputieren. Und vor allem darüber, wie wir sie gemacht hätten, diese Welt, wenn ...

Wir liebten ihn alle. Er war unser anerkanntes Haupt, wenn er es in seiner Bescheidenheit auch abgelehnt hätte, dafür zu gelten. Wenn einem von uns, so paßte auf ihn, was der Name unserer Vereinigung besagte. Denn wir nannten uns, stolz und herausfordernd, die ›Zukünftigen‹.

Er stand, wie wir alle, in einem frühen, wenn ich nicht irre, sogar im ersten Semester und studierte Philosophie, vor allem aber in dieser Fakultät Kunstgeschichte.

Immer sprach er von Piranesi. Von Giambattista Piranesi, dem großen italienischen Kupferstecher und – wie er sich selbst nannte – »architetto veneziano« des achtzehnten Jahrhunderts (Architekt allerdings nur in seiner eigenen Phantasie) ... Ihm sollte die Hauptarbeit seines Lebens gelten. Für ihn suchte er auch uns zu begeistern, und wir gingen mit (wie wir überall hin mit ihm mitgegangen wären), wenn wir auch nicht recht begriffen, was grade diesen bis in die Fingerspitzen kultivierten Menschen zu der düsteren, wilden Welt des verschollenen Rom mit ihren umgrünten Ruinen und ihren zerlumpten unheimlichen Gestalten zog, diesen »macchiette«, die – mit den langen Stäben in der Hand – so wunderlich auf den heutigen Betrachter wirken müssen. In den Untertiefen dieser jungen Seele mußten doch wohl Kräfte am Werk sein, die ihn magisch zu dem großen Zeichner hinzogen, und dort, in diesen Tiefen mußte liegen, was ihn hier, in den unzähligen Blättern einer ungebändigten Phantasie, als verwandt ansprach.

Wie es schwer gewesen wäre, die Erscheinung Heinz von Soldens in jenen glücklichen Tagen zu vergessen, so unmöglich war es, sich nicht – auch nach so vielen Jahren nicht – dessen zu erinnern, was dann geschah; an das Unerklärliche und nie Aufgeklärte. ›Was dann geschah‹ ... ein ganz unzutreffender Ausdruck. Es geschah eben – nichts!

Nur dieses: daß er eines Tages fortblieb. Einfach, von heute auf morgen, ohne ein Wort der Erklärung oder Entschuldigung, fortblieb. Nicht nur aus unserem Kreise. Auch von den Vorlesungen in der Universität.

Er war wie in den Erdboden versunken.

Bei Besuchen auf seiner Bude war er nicht anzutreffen oder ließ sich von seiner Wirtin verleugnen.

Traf man ihn aber wirklich einmal auf der Straße – und immer in ganz abgelegenen Gegenden – ging er entweder grußlos vorüber und so schnell weiter, daß es unmöglich war, ihm zu folgen, oder er war in seinem Wesen so merkwürdig verändert gegen früher, und dabei, im Gegensatz zu seiner früheren Art, so schroff abweisend, daß jede Frage verstummen mußte.

Einen eigentlichen, intimen Freund – das stellte sich jetzt und zu allgemeinem Erstaunen heraus –, dem er hätte Rede und Antwort stehen *müssen*, besaß er nicht.

Er war und blieb fort und keiner von uns wußte oder hatte auch nur eine Ahnung: weshalb.

»Grade als ob er sich die Krankheit geholt habe ...« meinte einer.

Aber sofort protestierte ein anderer heftig: Heinz von Solden gehöre nicht zu denen, die sich mit käuflichen Weibern einließen.

Was einem dritten Gelegenheit zu der weisen Bemerkung gab, daß grade die (wenn sie einmal ...) am ersten hereinfielen ...

Im Grund waren wir alle überzeugt, daß es nicht das war, was ihn von uns und aller Welt fernhielt.

Aber was war es? – Was konnte es sein? –

Inzwischen wurden wir unserem müßigen Fragestellen und Rätselraten schon nach wenigen Wochen durch den Semesterschluß enthoben. Die großen Sommerferien begannen, und mit ihnen zerstreuten wir uns nach allen Himmelsrichtungen. So viel wir – die wenigen Zurückbleibenden, weil Ansässigen – wußten, verließ Heinz von Solden ebenfalls die Stadt.

Als wir zu Beginn des Herbstes wieder zusammenkamen, blieb er fort und alles, was wir von ihm ab und zu noch in den nächsten Jahren hörten, war: daß er zunächst, in Unterbrechung seiner akademischen Laufbahn, eine mehrjährige Reise nach dem Süden angetreten habe; sich dann an einer anderen, süddeutschen Universität habe immatrikulieren lassen; und endlich, nach dem Tode seiner Mutter, und einem nochmaligen längeren Aufenthalt im Auslande (wohl Griechenland) promoviert habe.

Was dann die drei oder vier noch Übrigen aus dem damaligen Kreise – ich unter ihnen – von ihm selbst sahen, als er, nach zwanzig Jahren, als Professor der Kunstgeschichte hierher zurückkam, war nur: daß der Zurückgekehrte ein völlig Anderer geworden war, als der, den wir einst gekannt und geliebt und der einst so schweigend von uns gegangen, ein frühgealterter, stiller und müder Mann, den wir erst so wenig wiedererkannten, wie er uns noch zu kennen schien, mit Vierzig schon grau an den Schläfen, ein Fremdgewordener, der denen, die ihn dennoch anzusprechen den Mut fanden, mit eisiger Höflichkeit und einem so offensichtlichen Bestreben in nichts, aber auch in nichts an das einst gewesene erinnert zu werden, begegnete, daß es schon einer außergewöhnlichen Aufdringlichkeit bedurft hätte, ihn nicht dort zu lassen wo er so offensichtlich sein wollte – bei sich. Einer solchen Zudringlichkeit aber war keiner von uns fähig und so brach jeder Verkehr von selbst ab. Wir grüßten ihn kaum mehr, wenn wir ihn sahen, und hatten es aufgegeben, ein Rätsel zu lösen, das mit der Zeit auch jedes Interesse verlieren mußte und verloren hatte.

Seine Vorlesungen hielt er, wie ich hörte, mit großer Gewissenhaftigkeit und Gründlichkeit, aber ohne jeden Schwung und ohne Begeisterung, ja ohne innere Teilnahme, ab. Sie waren schwach besucht, und die Zahl seiner Hörer blieb bis zuletzt wohl nur ganz gering. Er war weder beliebt, noch unbeliebt. Das geistige Feuer schien gänzlich erloschen.

Von Piranesi war nie die Rede. Sein Werk über ihn erschien natürlich nicht (und war wohl auch nie ernsthaft begonnen) ...

Wie die meisten Leute, die nicht von sich reden machen, blieb er unbeachtet.

Ich selbst dachte kaum mehr an ihn, da mir jede Veranlassung dazu fehlte.

Erst heute sollte ich wieder an ihn erinnert werden.

Ich wunderte mich über mich selbst, wie tief doch noch die Erinnerungen an ihn in mir gelegen haben mußte, und wie stark, fast gegen meinen Willen, mit ihnen der alte Zauber wieder zu wirken begann, den er einst auf mich und Alle ausgeübt.

Nun war er dahingegangen, kaum fünfzig, und hatte sein Rätsel mit sich genommen in das Grab, dem ich mich jetzt wieder näherte, und das jetzt auch gewiß von dem letzten der Leidtragenden verlassen war, um verlassen zu bleiben auf immer. Denn wer sollte sich wohl um seine Pflege kümmern? Professor von Solden hatte niemand hinterlassen und sein Andenken würde bald in Vergessenheit geraten sein.

Ich wollte vorbeigehen und den Kirchhof verlassen, nachdem der eigentliche Zweck meines Besuches erfüllt war, als ich stockte. Eine hohe, breitschulterige Gestalt, die eines Mannes in Schwarzem Gehrock, den Überzieher über den Arm geworfen und den weichen, breitrandigen Hut in der hand, stand noch immer dort und starrte in die offene Grube.

Ich erkannte ihn.

Er war – wer kannte ihn nicht: von Angesicht oder aus zahllosen Bildern? – es war der große Dichter, der (wie mir in diesem Augenblick einfiel) der beste und zugleich einzige Freund des Verstorbenen in dessen letzten Lebensjahren gewesen sein sollte. Man behauptete es allgemein, obwohl kein Mensch recht verstand, was die Beiden zueinander ziehen konnte, es seien denn die eben auch in mir aufgetauchten gemeinsamen Jugenderinnerungen, Erinnerungen, die aber doch kaum noch stark genug sein konnte, um eine solche Freundschaft erklärlich erscheinen zu lassen; Erinnerungen, von denen zudem der eine so wenig mehr wissen wollte, daß er es schon als eine Beleidigung auffaßte, wagte man es, an sie zu rühren.

Der große Dichter – wenn dieses Wort in unserer Zeit nicht schon allzusehr der Lächerlichkeit verfallen ist, als daß es noch ernsthaft gebraucht werden dürfte –, der große Dichter stand da, so tief in Gedanken versunken, als brächte er es nicht über sich, sich von dem Orte zu trennen, der die Überreste seines Freundes barg.

Ich wollte mich unbemerkt zurückziehen.

Aber ich war zu nahe herangekommen, und nun war es zu spät.

Der dort Stehende sah plötzlich auf, stutzte, sah schärfer nach mir hin und kam dann mit schnellen Schritten auf mich zu.

Denn auch wir kannten uns aus jenen längst vergangenen Jahren, und später von gelegentlichen, zufälligen und immer nur ganz flüchtigen Zusammentreffen her.

Er stand vor mir und hielt mit seiner freien Rechten meine Hand, ohne sie auch dann loszulassen, als er schon zu sprechen begonnen (eine, wenn ich es aussprechen darf, mir ganz unleidliche Angewohnheit).

»Sie kannten ihn auch, meinen alten Freund«, begann er mit der tiefen, wohllautenden Stimme, mit der er in letzter Zeit so oft durch das Radio zu seinem Volke sprach (dieser Erfindung, die so ungemein zu dessen seelischer Vertiefung beigetragen hat), um dann, ohne meine Antwort abzuwarten (und meine Hand noch immer in der seinen), fortzufahren:

»Ja, natürlich kannten Sie ihn ... waren wir doch alle einst in unserem Klub vereint ... wie hieß er doch gleich? – Hoffnung? – oder so ähnlich? –«

»Zukunft«, sagte ich. »Die ›Zukünftigen‹.«

»Zukunft! – Natürlich! – Als ganz junge Dachse! – Mein Gott, wie lang ist das her – dreißig Jahre, volle dreißig Jahre! – – Und damals waren wir alle noch nicht zwanzig! –«

Er ließ meine Hand endlich fallen, und wir gingen langsam nebeneinander her, auf einem Wege, der uns von dem Grabe entfernte.

Er schwieg. Nur um etwas zu äußern sagte ich:

»Er hat sein großes Werk nicht geschrieben? –«

Ich bereute meine Frage, kaum, daß ich sie gestellt.

Denn sofort grollte es neben mir auf:

»Sein Werk über Piranesi! – Nein, er hat es nicht geschrieben«, um dann in plötzlicher und mir unverständlicher Weise loszubrechen:

»Und wissen Sie auch, warum es nicht geschrieben wurde?«

Ich wußte es nicht! – Ich wußte es so wenig, wie alle anderen es wußten. Ich sagte es.

Fast noch aufgebrachter fuhr der neben mir Hergehende – Verzeihung: fuhr er, neben dem ich herging – fort:

»Nein, Sie wissen es nicht. Keiner weiß es. Keiner, außer mir. Aber urteilen, verurteilen tut Ihr alle, ohne es zu wissen – sprecht von allzu früh verbrauchter Kraft, von enttäuschten Hoffnungen, verfehltem Leben und dergleichen, statt still zu sein und euch zu sagen, daß es ein außergewöhnliches, ein furchtbares Ereignis gewesen sein muß, das diesen glühenden Menschen so früh zu Asche verbrennen konnte!«

Da ich mir nicht bewußt war, zu denen zu gehören, von denen er sprach, obwohl ich so unbekümmert zu ihnen gerechnet wurde (ich hatten nie geurteilt und noch weniger verurteilt, sondern mich nur gewundert, bis Solden und sein Schicksal aufgehört hatten mich noch zu interessieren, da ich mich also nicht getroffen fühlen konnte, schwieg ich.

»Sie kannten ihn damals«... begann er wieder. »Sagen Sie selbst, glühte er nicht, dieser Mensch, von dem göttlichen Feuer, dem alles Werden entspringt? – Dieser Mensch, den dann ein teils lächerliches, teils grauenhaftes Schicksal so traf, daß es ihn zu einem Anderen wandeln konnte? – Zu dem, der er dann wurde und blieb? – Dem, der keinem mehr etwas bedeutete und er sich selbst nichts mehr bedeutete? – Den ich allein noch kannte und der doch liebenswerter noch in seiner Einsamkeit und Verkanntheit war, als der, den wir gekannt? – Dessen einziger Freund ich wurde, und den ich geliebt habe, ich kann nicht sagen, wie ...«

Er war offenbar stärker erschüttert, als er es zeigen wollte.

Dann blieb er plötzlich stehen und sah mich an. Prüfend.

Er schien mit einem Entschluß zu kämpfen, aber noch durch ein Gefühl des Mißtrauens zurückgehalten zu werden.

Endlich, im Weitergehen, mit einer abrupten Bewegung zu mir hin:

»Wollen Sie sie hören, seine Geschichte? – Heute darf ich sie erzählen. Er selbst hat es mir erlaubt. Und da wir uns hier so zufällig treffen ... da Sie zudem noch zu den Wenigen gehören, die ein gewisses Anrecht auf sie haben ...«

Immer noch streifte mich dieser Blick des Mißtrauens von der Seite her.

Ich empfand ihn, so unverdient er auch war. Denn ich wußte natürlich, was er bedeutete: wirst du auch keinen Gebrauch von dem machen, was ich dir erzähle? – Nicht vielleicht etwa den Stoff selbst bearbeiten und mir zuvorkommen, wenn ich ihn dir in die Hände liefere? –

Er äußerte auch etwas derart, ich weiß nicht mehr, was. Obwohl ich nicht daran dachte, ihm in sein Gehege zu kommen, gab ich die augenscheinlich erwartete Zusicherung nicht, auf die Gefahr hin, im letzten Augenblick noch der erhofften Geschichte und mit ihr der endlichen und authentischen Aufklärung des Falles Heinz von Solden verlustig zu gehen.

Aber er war offenbar jetzt selbst nicht mehr imstande, sie bei sich zu behalten. Durch den Tod seines Freundes und das Begräbnis eben in ihm aufgewühlt, schrie sie in ihm, dem geborenen Schilderer, nach einer Form, in die er sie gießen konnte. Da ich ihm so zufällig in den Weg gelaufen, wurde ich zu dem rechten Gefäß für ihn.

So fragte er nochmals, ob ich sie hören wolle? ...

Ob ich sie hören wollte!

Einmal würde sich jetzt endlich das Geheimnis lüften, das so undurchdringlich über dem Schicksal Soldens gelegen und noch heute lag. Dann aber auch: welche Ehre nicht für mich, den erfolglosen Schriftsteller, neben dem großen Manne hergehen und seinen Worten lauschen zu dürfen – neben ihm, dem Stolze der Nation, oder doch ihres besten Teiles, des Teiles, auf dem sie rechteigentlich ruhte: seinem Bürgertume; neben ihm, dem Schöpfer der gewaltigen Roman-Trilogie »Die Familie Hindhausen«, in der er eben dieses Bürgertum so hinstellte, daß es seine Zeit überleben und späteren Geschlechtern noch vorbildlich voranleuchten durfte; neben ihm, dem Kandidaten und zweifellos baldigem Träger des Nobelpreises; neben ihm, der, wenn man den Berichten der Zeitungen glauben durfte, die Gabe besaß, an zwei Orten zugleich zu sein, um an ihnen die verdienten Ehrungen entgegenzunehmen – kurzum neben ihm, dem literarischen Ruhme Deutschlands, dieses Deutschlands, das bekanntlich von jeher, wie kein anderes Volk der Erde, verstanden hat, seine Großen Dichter zu würdigen, zu ehren und vor Not zu schützen, und das sich daher mit so vollem Recht den Ehrennamen des Volkes der Dichter und Denker erworben ...

Was hatte er soeben gefragt – ob ich sie hören wolle, die Geschichte seines Freundes, sie, die nur er allein kannte?

Ich beeilte mich eifrig zu bejahen, gespannter Erwartung voll auf das, was ich hören sollte, und glücklich, seiner Kunst teilhaftig zu werden, die sich in seiner Rede gewiß nicht minder als in den geschliffenen Sätzen seiner Schrift beweisen würde.

»Aber es ist eine lange Geschichte. Haben Sie auch Zeit?«

Ich bejahte abermals.

»Wie lange?«, wollte er noch wissen.

»Unbeschränkt«, versicherte ich.

So überwand er denn endlich sein Mißtrauen, erwähnte nur noch kurz, daß das, was ich jetzt zu hören bekommen sollte, selbstverständlich nur für mich und keinen anderen bestimmt sei, wiederholte zum Überfluß, daß er mir sein Vertrauen nur schenke, weil auch ich Heinz von Solden gekannt, und begann dann endlich wirklich.

»Sie kannten ihn«, hub er an. »Aber erinnern Sie sich wohl auch noch, wie er wohnte, – an seine berühmte Studentenbude?«

Wie vorhin die Gestalt Soldens in ihrer jugendlichen Anmut vor mir gestanden, so tauchte jetzt bei dieser unvermuteten Frage auch das Zimmer, ganz nahe der Universität, in der nur auf ihrer einen Seite von Häusern besetzten, engen Straße, fünf Treppen hoch (aber was sind Treppen für junge Beine!), ein großes, geräumiges Dachzimmer mit einem kleinen Balkon und der wundervollen Aussicht in den stillen Garten der fremden Botschaft, mit einfachen, aber zweckmäßigen Möbeln (einem riesigen Schreibtisch und einem hohen Bücherregal) ..., das als besonderen Vorzug noch ein kleines als Schlafraum dienendes Nebengelaß besaß ... tauchte dieses Zimmer, so unähnlich denen, in welchen wir zu vegetieren verdammt waren, wieder vor mir auf – diese so glühend begehrte und so schwer erlangbare Bude (denn sie wurde, o nein, nicht an den Ersten, Besten vermietet, sondern nur an Auserwählte!) –

Und in diesen Augenblicken zwischen der Frage und meiner Antwort schlug auch wieder das glückliche Lachen an mein Ohr, mit dem ihr Besitzer mir damals erzählte, wie es ihm gelungen, sie zu erobern, wobei er die Locke zurückwarf: »... und dazu noch um fünf Mark billiger als sonst, dreißig statt fünfunddreißig« ... (soviel kosteten damals die möblierten Zimmer, die heute wohl mit dem Doppelten und Dreifachen bezahlt werden müssen) ..., um stolz wie ein König auf sein erobertes Reich hinzuzufügen: »Ich habe eben immer Glück!« ... Wir standen nebeneinander auf dem kleinen Balkon, den weiten wohlgepflegten Garten mit seinen alten Buchen und Ulmen unter uns. Ja, wie gut erinnerte ich mich noch dieses glücklichen Lachens! ...

Eine neue Frage kam:

»Auch noch an seine Wirtin?«

Nein. Hier verließ mich die Erinnerung gänzlich. Ich hatte Solden nur selten und ganz gelegentlich aufgesucht und wer mir bei diesen mehr zufälligen Besuchen die Tür geöffnet, ob er selbst oder ein weibliches Wesen, hatte ich vergessen.

»Nicht! – Schade! Mit ihr steht und fällt eigentlich die Geschichte. Denn wie er sich in die Bude, so verliebte sie sich in ihn – auf den ersten Blick!«

Wir waren – uns zwischen immer neuen Gräbern hindurchwindend – jetzt in dem entlegensten und ältesten Teil der großen Begräbnisstätte angelangt, dort, wo eine hohe, rote Mauer sich erhob, wie um sie unerreichbar von der Straße – Tod von Leben – zu trennen.

Von den frischen Reihen der Gräber, auf denen noch die letzten Farben der Sommerblumen glühten, den sorgsam noch gepflegten und begossenen; von den Steinen, die noch in dem hellen Golde ihrer Inschriften glänzten; von den Reihen, zwischen denen noch hier und da eine menschliche Gestalt auftauchte, wie ein dunkler Schatten, der suchte, was ewig unauffindbar geworden war, waren wir zu den ganz Vergessenen gekommen, die keiner mehr besuchte. Hier zerfielen die Hügel in sich, versanken die Kreuze auf ihnen, verblaßten die kaum mehr leserlichen Namen, und doch war es hier, wo es am stillsten war, am schönsten. Hier, wo es keine Blumen und Kränze mehr gab, sondern nur noch Efeu. Efeu, der sich von Grab zu Grab rankte, um die fremden miteinander zu verwachsen. Efeu, der über die hinaus die hohe Mauer hinaufdrängte, als wolle er einen Blick erhaschen von dem Leben dort draußen.

Hier standen die alten, schönen Bäume, die ihre kühlen Schatten über die Toten warfen, diese vielen Toten, die hier erst ihre volle Ruhe gefunden – hier, wo keine Lebenden mehr sie störten mit ihren Tränen und Klagen.

Hier auch zog sich, parallel mit der Mauer, der breite, übergrünte Weg hin, lang und unübersehbar. Ihn gingen wir auf und ab, umkehrend, wenn er zu Ende war, um ihn immer von Neuem wieder zu beginnen – in den Stunden dieses sinkenden Nachmittags.

Er erzählte, und ich hörte zu. Er stellte, einstweilen wenigstens, keine Fragen mehr. Der Fluß seiner Rede strömte dahin, und wenn er sich einmal selbst unterbrach, geschah es, wie um seine Erinnerungen sorgsamer zu sammeln und die Form zu finden, die ihnen zu geben er sich eben entschlossen.

Er begann:

»Heinz von Solden, von seinem Großvater, dem zur Zeit der Freiheitskriege viel, heute nur in den Blättern der Geschichte noch genannten großen Staatsmanne her, Erbe eines Namens; Sohn eines frühgestorbenen Vaters, der diesen Namen als Philosoph zu neuer Geltung gebracht, und einer Mutter, die nach dem Zeugnis aller, die sie kannten, eine ganz hervorragende Frau gewesen sein muß (und die, ihn, ihren einzigen Sohn, vergötterte);

Heinz von Solden also nochmals, ist in seinem ersten Semester hier in Berlin ...

– Eines Tages geht er die große Straße, die damals den Westen der Stadt erst dünn mit ihrem vornehmsten Villenviertel verband, hinunter, als er in einem Schaukasten einen Stich eines Piranesi entdeckt – (Sie erinnern sich wohl noch seiner merkwürdigen Schwärmerei für Piranesi, mit der er uns ansteckte?) – Der Kasten ist an dem Vorgarten-Gitter eines großen, villenähnlichen, nur einstöckigen Hauses befestigt, in dem sich eine Kunsthandlung befindet. Den Namen der Firma und ihres Inhabers nennt nur ganz diskret ein Messingschild am Eingang. Der Besitzer legt offenbar keinen

Wert auf Kunden, die ihn nicht kennen und die er nicht kennt. Er heißt Garding.

Trotzdem entschließt sich der noch ganz in den Anblick des Stiches Vertiefte, wohl auch angezogen von der Vornehmheit dieses Geschäftes, die paar Schritte durch den Vorgarten zu tun, um nach dem Preise des Blattes zu fragen. Er weiß im voraus, daß es für seine schmale Studentenbörse natürlich ganz unerschwinglich sein wird. Er steigt einige Stufen hinauf und befindet sich in einem übergroßen, die ganze Vorderfront des Hauses einnehmenden und bis in seine letzten Ecken mit den wunderbarsten Kunstwerken aller Art und jeder Zeit überfüllten Raum.

Als er einen jungen Herrn, der auf ihn zutritt, eben fragen will, wird dieser von einem älteren, auffallend großen und stattlichen beiseite geschoben und er von dem Inhaber der Handlung selbst – denn das ist der Herr, wie sich heraufstellt – nach seinen Wünschen gefragt. Es ist natürlich, wie er es sich gedacht: fünfunddreißig Mark. Also unerschwinglich. Er dankt, will gehen und wird zurückgehalten. Ob er sich nicht noch andere Blätter von Piranesi ansehen möge! – Er kann natürlich nicht widerstehen, obwohl er zu verstehen gibt, daß er an einen Kauf nicht denken dürfe.

Aber bitte! – – Und er läßt an sich Blatt auf Blatt des großen Stechers vorübergleiten – keines ihm ganz unbekannt, aber jedes ihm neu erscheinend unter den treffenden, klugen Worten des Vorweisers, um sich dann endlich doch aufzuraffen und zu danken, *sehr* zu danken, aber ...

Die gütigen Augen ruhen auf ihm.

Ein Blatt wird hervorgezogen, das ihm besonders gefallen, das herrliche des Titusbogens (das spätere des freigelegten von 1771 mit den farnesischen Gärten links).

Diese hier, wird er belehrt, sei ein später, nicht sehr guter Abdruck, und daher ein besonders billiges Stück. Man sei in der Lage, es für vier Mark abzulassen.

Solden traut seinen Ohren nicht. Vier Mark! – Für nichts!

– Er vermag zudem einen Fehler nicht zu entdecken und sagt es.

Nun – wenn er ihn selbst nicht sähe, umso besser. Wenn seine Studien über den Meister – Solden hat seinen Namen genannt und errötend gestanden, daß er Kunstgeschichte studiere und daß es Traum seines Lebens sei, einmal über Piranesi schreiben zu dürfen – wenn seine Studien ihn weitergeführt haben würden, werde er schon früh genug spätere Abzüge von früheren unterscheiden lernen.

Dann, während das Blatt gerollt wird, noch:

Übrigens werde im Laufe der nächsten Woche eine Sendung der Veduten Piranesis von der Stampa Romana in Rom erwartet. Wenn er – Herr von Solden, nicht wahr? –, am besten Abends nach Geschäftsschluß, wo er selbst freier sei, einen Abend, sagen wir gleich: nächsten Mittwoch – kommen wolle, würde es ihm ein Vergnügen sein, sie dem wohl jüngsten Bewunderer des großen Italieners zu zeigen ...

Ob Solden will! – Er hinterläßt seine Adresse; erscheint am Mittwoch zu der angegebenen Zeit und verlebt eine überaus reizvolle Stunde, in der fast nur von Piranesi, und diesmal auch von dessen Sohn Franzesco und seinem Anteil an den Arbeiten des großen Vaters, die Rede ist.

Sie fliegt dahin beim Wenden der Blätter, und an seinen beglückten Augen gleiten in unerschöpflicher Fülle die mächtigen Darstellungen vorüber; die Thermen und die Aquäducte; die Kerker und die Tempel; die Triumphbögen und die Grabmäler des alten Rom (wie sie waren, bevor die Archäologen über sie kamen) und – wie sie ihrem Schöpfer erschienen ...

Als er aufbricht, wieder mit einem sich – diesmal der Rekonstruktion des ›Tempio antico ... inventato e disegnato ... in onore della Dea Vesta ...‹ unter dem Arm (angeblich wieder eine Fehldruck) ist er – was ihm fast noch wichtiger erschienen will – durch eine neue Einladung beglückt.

Tag und Stunde dieser neuen Einladung sollen ihm noch durch eine Karte mitgeteilt werden.«

»Er erwartet sie, diese Karte, mit Ungeduld.

Er sollte, wie er sagte, Dinge zu sehen bekommen und kennen lernen, die ihm kein Professor und kein Buch, sondern nur die lebendige Anschauung vermitteln konnte, und er sollte diese Dinge aus der hand eines Mannes empfangen, dessen Auge sie in einem anderen und vielfach schärferen Lichte zu sehen sich gewöhnt hatte, als dem, in welchem sie für gewöhnlich den Kunstschreibern erscheinen.

Denn Solden hat in der Zwischenzeit natürlich erfahren, bei *wem* er gewesen ist: bei Garding, dem berühmten Kunsthändler, dem größten vielleicht des Kontinents; einem ersten Kenner, besonders von Radierungen; dem steinreichen Garding, der seinen ›Laden‹, wie er seine mit den unschätzbarsten Kunstwerken gefüllten Räume selbst nannte, nur ›auftat‹, weil es ja doch nicht ausgeschlossen sei, einmal auf ein wirklich verständnisvolles Gemüt zu stoßen; bei Garding, der als Mensch wie als Geschäftsmann überall die höchste Achtung und unbedingtes Vertrauen genoß (was man auch damals schon gewiß nicht von allen Kunsthändlern sagen konnte).

Dieser große Mann hat sich mit ihm, einem jungen, unbekannten Studenten unterhalten; hat ihm, eine seiner kostbaren Abendstunden geschenkt; hat ihn aufgefordert wiederzukommen – – alles kaum glaublich!

Er sagt sich wieder einmal: ›Ich bin eben ein Glückskind, und habe daher immer Glück!‹

Kein Wunder, daß er sich freut! –

Er freut sich auf den zweiten Abend noch mehr, als er sich auf den ersten gefreut hat. Er kann ihn kaum erwarten und das erste, wonach er morgens beim Erwachen sieht, ist die versprochene Karte, die ihn auffordern soll, zu kommen ...«

Hier unterbrach sich der Erzähler doch selbst. Er blieb stehen und sah mich an:

»Erinnern Sie sich noch des Falles Garding?«

»Garding?« – Der Name hatte eben bereits wie vertraut an mein Ohr geschlagen, aber die Jahre hatten seinen Klang so abgedämpft, daß er mir nichts mehr zu sagen wußte.

»Garding«, wurde ich belehrt, »war vor dreißig Jahren eine der bekanntesten Persönlichkeiten in dem damals so mächtig aufstrebenden Berlin. Er wurde ermordet ...«

Richtig, das war es! – – Nicht der Ruf des Mannes, sondern sein Ende, das in jenen Tagen, in denen Morde noch nicht so an der Tagesordnung waren wie heute, wo eine ganze Generation in diesem trübseligen Handwerk systematisch aufgebildet ward, sein Ende, das so großes Aufsehen erregte, sein Ende was es, das ein schwaches Echo in meiner Erinnerung wieder zum Tönen brachte.

Aber was hatte das, was ich hören sollte – was konnte die Ermordung dieses Mannes, diese heute längst vergessene Tat, mit unserem Heinz von Solden zu tun haben? –

Meine Erwartung – ich muß es gestehen – stieg aus Höchste.

Die sonore Stimme neben mir begann von Neuem.

»Die Einladung trifft nach vierzehn Tagen ein und bittet ihn zu demselben Abend um acht Uhr.

... Und mit ihr, dieser Karte, hebt die Geschichte an, die Sie nun hören werden, und die ich – soweit sie diesen Abend betrifft – am besten mit seinen eigenen Worten wiedergebe, soweit es mir möglich ist.

Da er mit diesen Abend und sein grausiges Erlebnis nicht einmal, sondern öfters erzählt hat, hoffe ich, daß es mir gelingen wird.

Denn es war, als ob er sich jetzt, wo er sich zum ersten Male nach fünfundzwanzig Jahren von ihm frei gemacht, indem er sein unnatürliches Schweigen brach, nicht oft genug dieses Gefühl einer seelischen Befreiung verschaffen könne.

– ›Meine Geschichte‹, pflegte er dann jedesmal zu sagen, ›beginnt wie ein schlechter Kriminalroman‹, um dann bitter lächelnd fortzufahren ... ›und ist doch bei aller ihrer Unwahrscheinlichkeit buchstäblich wahr ...‹

Er erzählte:

›Ich hatte also die Karte mit der Einladung erhalten und verbrachten den tag in freudiger Erwartung.

Ich war pünktlich.

Als ich vor dem Hause der Kunsthandlung ankam, sah ich, daß die Pforte bereits geschlossen war und im Vorderhause kein Licht mehr brannte. Mir fiel ein, daß Garding mir beim letzten Male, als er mich durch den hinteren Ausgang des Hauses, der in eine Sackgasse mündete, hinausgelassen, gesagt hatte, ich möge, wenn vorne schon geschlossen sei, hier eintreten, und in jedem Falle, auch wenn die Gittertür noch offen stünde, mein Kommen durch klingeln melden. Er würde mir dann selbst entgegenkommen, da er um diese Zeit noch allein sei.

Ich ging also einige Häuser bis zur nächsten Nebenstraße weiter, bog in sie und dann in die sich öffnende Sackgasse ein, die bei dem Hause endete, in das ich wollte, und fand die niedrige, schmiedeeiserne Tür angelehnt. Um mein Kommen, wie gewünscht, zu melden, drückte ich auf den Knopf der Klingel und durchschritt dann den kleinen Vorder-, oder besser gesagt, den kleinen Hinter-Garten, der auch hier das Haus von der Straße trennte – gewärtig, daß Garding mir entgegenkommen würde.

Da ich ihn noch nicht kommen sah, stieg ich ein paar Treppenstufen empor, ging durch die auch hier offenstehende Haustür und befand mich in einem langen Gange, der die hinteren Räume des Hauses – wohl Lager- und Pack-Räume – mit den vorderen verband. Um zu dem an den Laden grenzenden und dem Besitzer als Büro und Arbeitsraum dienenden, zu gelangen, in dem wir den vorigen Abend verbracht, ging ich langsam weiter und den Gang hinauf, durch den ich das letzte Mal hinausgeleitet worden war.

Nirgends brannte Licht, aber es war an diesem Juniabend immerhin noch hell genug, um unterscheiden zu können, wohin er führte.

Ich mochte ungefähr in seiner Mitte angelangt sein, als ich mir entgegenkommende Schritte hörte – schnelle, laute Schritte. In dem Glauben, es seien die Gardings, blieb ich stehen. In demselben Augenblick schnellte aus der Dämmerung eine Gestalt auf mich zu, ich erhielt einen Stoß gegen die Brust, der mich zur Seite und schmerzhaft gegen die Wand schleuderte, und sah für die Zeit einer Sekunde eine enteilende, davonstürmende Gestalt, die Gestalt eines – wie mir schien – noch jungen Menschen. Ich mußte, um nicht zu fallen, mich an die Wand lehnen und stand so, halb betäubt, einige Augenblicke.

Wieder zur Besinnung gekommen, stand ich unschlüssig. Dann, von einem jähen Gefühl der Angst, wie der Ahnung eines Unheils gepackt, ging ich zögernd den Gang weiter hinauf und betrat an seinem Ende den Arbeitsraum, dessen Tür auch hier weit offen stand. Er lag still in dem matten Lichte des Abends. Seine Fenster, auf der anderen Seite des Hauses und auf den Gartenstreifen gehend, der sich auch an dieser Seite am Hause entlang zog, waren geschlossen.

Ich, halb in der Tür, noch atemlos und von demselben Gefühl einer unerklärlichen Angst von neuem gebannt, zauderte. Täuschte ich mich oder hörte ich ein schwaches Stöhnen? – Und woher kam es? – –

Ich glaube, ich fragte leise: ›Herr Garding? Ich bin es – Heinz von Solden ...‹

Ich wiederhole: ich *glaube*, daß ich es sagte ... Aber allmählich begann ich die Gegenstände in dem hohen Raume zu unterscheiden: die weiße Statue des Idolino in der Ecke drüben; den riesigen Schreibtisch in der Mitte mit seinen Stößen von Büchern und Papieren, und – – auf dem Boden, dicht vor mir, – eine reglose Gestalt ...

Diesmal fragte ich – ich weiß es bestimmt –: ›Herr Garding?‹ ...

Es kam keine Antwort. Ich rief den Namen nochmals. Lauter.

Und dann, auf einmal merkwürdig ruhig und gefaßt, kniete ich nieder und versuchte, die Züge des Liegenden zu erkennen, obwohl ich wußte, wer es war.

Es gelang mir erst nicht, denn der Kopf lag zur Seite gewandt. Ich beugte mich noch tiefer und nahm ihn in die Hände, um ihn aufzurichten ...‹«

Die Stimme neben mir schwieg plötzlich.

Von jenseits der Mauer klangen die Rufe des Lebens: die hellen Stimmen spielender Kinder; aus entlegeneren Straßen der eine langgezogene Ton, mit dem die Straßenbahn über ihre Schienen gleitet; ab und zu das dumpfe Dröhnen eines Lastautos ... Dann wieder war es für einen Augenblick still dort drüben.

Die Erzählung setzte mit den Worten Soldens von Neuem ein.

»»In mir war der Entdeckung des Daliegenden erst einzig das Gefühl, ihm helfen zu wollen, während ich neben ihm kniete. Aber wie ich jetzt seinen Kopf in den Händen hielt und an den Fingern der rechten eine feuchtwarme, klebrige Masse fühlte, während mein Handrücken das kalte Metall des schweren Messingleuchters, dessen harte Ecken sich noch eben in dies weiche Fleisch gegraben, berührte – von diesem Augenblick an war in mir nichts mehr als ein Entsetzen sondergleichen. Ich ließ den Kopf fallen, riß mein Taschentuch hervor, um es um meine blutige Hand zu wickeln und stürzte hinaus, auf denselben Weg, den ich eben gekommen, denselben, durch den vor noch nicht drei Minuten der Mörder entkommen war – gejagt jetzt, wie er, den Gang hinab, durch den kleinen Garten, die stille und leere Sackgasse hinunter, und dann weiter, immer weiter, an Häusern, an Menschen, an Fuhrwerken vorbei – wohin, ich wußte es nicht, nur fort, fort, so weit fort wie nur möglich ...‹«

Ich hätte nichts dagegen gehabt, wenn an dieser Stelle eine kleine Pause in der Erzählung eingetreten wäre, um mich in Etwas von dem Gehörten zu erholen, denn sie erschien mir doch reichlich stark, diese Geschichte. Und daß sie gerade unserem Freund passiert sein sollte! ... Aber an ihrer Wahrheit konnte natürlich nicht gezweifelt werden, und so war es ganz gut, daß die stimme neben mir – als wolle sie keine weiteren ketzerischen Gedanken in mir aufkommen lassen – gleich wieder einsetzte.

»Begleiten wir ihn«, und nun war es nicht mehr Heinz von Solden, der aus den Worten neben mir sprach, sondern der große Erzähler selbst, den die Lust an der eigenen Darstellung übermannte ... (wie aber wäre es mir möglich, sie in ihrer ganzen Lebendigkeit wiederzugeben!) ... »begleiten wir ihn durch die heiße Sommernacht, die auf diesen Abend und sein Erlebnis folgte ...

Er flieht und nicht schneller hätte er fliehen können, nicht furchtgejagter, als wäre er selbst der Mörder und flöhe vor seiner eigenen Tat – nur des einen Gedankens noch mächtig: soviel an Raum und Zeit zwischen sie und sich zu legen, wie nur möglich.

Er geht und geht, die rechte Hand in der Tasche seines Jacketts und das Tuch in ihr zu einem festen Klumpen zusammengeballt.

Er geht und geht, weiter und weiter – er weiß nicht wohin ...

Nach einer Stunde etwa befindet er sich in der Villen-Straße eines stillen Vororts.

Das wütende Gekläff eines Wachhundes, der aus dem Dunkel eines Gartens heraus das Gitter anspringt, an dem er vorbeigeht, schreckt ihn auf.

Er sieht sich um. Die Straße liegt vereinsamt. Nirgends ein Mensch.

Villen, Villen – alle mehr oder weniger tief in ihre nächtlichen Gärten vergraben. Da erst löst er die von dem krampfhaften Druck um das Tuch wie erstarrte Hand.

Wasser – wo ist Wasser? – Er geht die Straße hinunter, eine zweite und dritte, jede so still und verlassen, wie die erste, bis er auf einen Brunnen trifft.

Wieder sieht er sich um. Niemand. Dann drückt er auf den Hebel, daß das Wasser aufspritzend hervorschießt, und wäscht sich die Hände, wäscht und wäscht sie ... Endlich das nasse Tuch wieder zu einem Ballen zusammenknüllend, wirft er es über das nächste Gatter in dichten Gebüsch. Langsam weitergehend, zieht er aus seiner Brusttasche ein zweites, reines Tuch hervor. Es ist eine seiner kleinen Gewohnheiten, nie auszugehen, ohne ein zweites Taschentuch bei sich zu führe. Man weiß nie, wozu man es braucht.

Er trocknet sich die Stirn. Die kühle Berührung des reinen Linnens tut ihm wohl und er wird ruhiger. Eine Bank steht an einer Kreuzung. Er setzt sich, erschöpft, aber nicht eigentlich müde.

Er sieht nach der Uhr. Es ist halb zehn. Anderthalb Stunden sind vergangen, seit ...

– Und jetzt – hier auf der Bank – kommt ihm mit seinen wieder einsetzenden Gedanken zum ersten Mal zum Bewußtsein, was er hätte tun müssen und was er nicht getan! ...

Er hat es nicht getan. Er hat nicht einmal daran gedacht es zu tun. Er ist einfach davongestürzt und nun hier ...«

– »Um das zu verstehen, wie sein ganzes Verhalten an diesem Abend und in dieser Nacht, muß man ihn gekannt haben, wie er war: in seiner an Idiosynkrasie grenzenden Aversion gegen alles, was Polizei und Gerichte hieß. Sonst ihm in allem so unähnlich, wie nur möglich, war er hier ganz der Kleinbürger, der sich schon durch eine Berührung mit ihnen zu entehren glaubt – (›ein anständiger Mensch hat mit der Polizei nichts zu tun‹) und der diese Berührung mehr fürchtet, als alles auf der Welt.

So war es denn nicht so sehr die furchtbare Entdeckung, so zufällig gemacht, die Solden in eine so sinnlose Angst versetzte, daß er jede Vernunft verlor, als vielmehr das unbewußte, rein instinktive Gefühl, welche Unannehmlichkeiten – weiter dachte er noch nicht, wie wir gleich sehen werden – diese Entdeckung für ihn im Gefolge haben würde, die ihn wie mit Furien gehetzt von der Stätte des Verbrechens fortgetrieben. Fort, nur fort und immer weiter fort, bis auf diese verlassenen Bank in einem nächtlichen Vorort.

Jetzt, wieder halb bei Sinnen, sagt er sich zum ersten Mal, daß es seine Pflicht sei, an der Entdeckung des Täters mitzuhelfen, denn er ist durch den seltsamsten aller Zufälle dem Täter sogleich nach seiner Tat begegnet und hat als erster an der Leiche seines Opfers gestanden.

Er sagt es sich und zuckt zugleich von neuem zurück.

Er schwankt. Was soll er tun? – Wen soll er fragen? – Er weiß es nicht. Einen intimen Freund besitzt er nicht. Unter uns, den Genossen der Vereinigung, ist keiner, dem er sich hätte anvertrauen mögen. Seine Mutter aber, zu der er sich in dieser Stunde, wie in jeder anderen seines bisherigen Lebens, geflüchtet hätte, ist fern ...

So zaudert er und weiß noch immer, auch jetzt noch nicht, was er tun soll.

Er, so sorgsam behütet bisher, so fern gehalten allen Wechselfällen des Lebens, und – vergessen wir vor allem auch das nicht – noch so jung (kaum neunzehn), lehnt sich über die Bank, verbirgt sein Gesicht in den Armen und bricht in ein trockenes, fassungsloses Schluchzen aus.

Lange sitzt er so. Niemand sieht ihn. Niemand hört dies verzweifelte Weinen.

Nur langsam beruhigt er sich. Er will aufstehen und vermag es nicht. Er ist plötzlich so müde ...

Nein, er kann es nicht.

Was wird nicht alles geschehen, wenn er hingeht, jetzt, Sunden nach der Tat? –

Endlose Verhöre in heißen, schlechtgelüfteten Räumen; Protokolle, seitenlange, deren Wortlaut ihm in den Mund gelegt wird und für den er dann einstehen soll; Grobheiten, endlose Gänge, Scherereien aller nur erdenklichen Art – – nein, er kann es nicht, er kann es nicht! ...

Er sucht vor sich selbst nach Entschuldigungen. Er sucht nach den Gründen seines Verhaltens; selbst wenn er jetzt hingeht und aussagt, wem nützt er damit? – Er kann hier nichts helfen. Garding ist tot. Wer sein Mörder ist, weiß er nicht. Er hat den Menschen kaum gesehen, der an ihm vorbeigestürmt ist. Alles, was er weiß und aussagen kann, ist: daß ein, wenn er sich auch da nicht irrt, noch junger Mensch, etwa in seinem Alter, an ihm vorbeigelaufen ist und ihm einen Stoß gegen die Brust versetzt hat, so stark, daß er gegen die Wand taumelte. Er kann keine Beschreibung dieses Fremden geben, nicht die Geringste, die zu Anhaltspunkten führen könne. Alles, was er selbst dazu noch sagen kann wäre: daß er ihn wahrscheinlich durch sein Klingeln kurz oder sofort nach der Tat aufgeschreckt und zur Flucht veranlaßt hat. Aber wozu soll das nützen? – –

Außerdem ist es jetzt viel zu spät.

Jetzt ist der Mord auch ohne ihm längst entdeckt.

Denn es ist nach zehn. Um neun ist der Kutscher vorgefahren, um seinen Herrn in seine Villa oder anderswohin zu bringen, und zugleich mit ihm ist der Wächter mit den beiden großen Doggen gekommen, um seinen Dienst für die Nacht anzutreten. So war es auch am ersten Abend seines Besuches in jenem Hause.

Die Beiden müssen die Türen weit offenstehend gefunden haben. Dann hat der Kutscher vergeblich auf das Erscheinen seines Herrn gewartet, ist endlich – allein oder mit dem Wächter zusammen – eingetreten, sie haben ihn gefunden und die Polizei alarmiert.

Jetzt ist der stille Raum dort erfüllt von den vielen Menschen und ihren Reden – der Mordkommission mit ihren Beamten und Apparaten, die die Leiche und ihre Lage photographieren; den aufgescheuchten Nachbarn, die aussagen sollen, was sie wissen (und die weder ihn noch den – Anderen gesehen haben und daher nichts wissen); den Reportern, glücklich als die ersten an Ort und stelle zu sein ...

Der Tote ist nicht mehr allein unter seinen Schätzen ... wird in diesem Augenblick schon fortgeschafft ... nicht auf sein Bett in seinem Heim, sondern auf die wasserbespülte Glasplatte des Leichenschauhauses um dort fremden Blicken preisgegeben zu werden ...

Wenn er, Heinz von Solden, jetzt noch zurückgeht und sich stellt, wird man ihn dorthin führen, und man wird ihm die Wunden zeigen, in die er noch eben mit dieser seiner Hand ... nein, er kann es nicht – er kann es nicht! – –

Er hebt den Kopf von seinem Arm.

Ging nicht eben dort drüben ein Mensch? – Nein. Er muß sich getäuscht haben.

Wie still liegen doch diese Straßen! – Wie still diese wohlgebauten Häuser aus Stein und Holz unter den roten Kiefern, in der dahindämmernden, schwülen Nacht! –

Warum sind denn nirgends Menschen? – Es ist doch noch nicht so spät. Gehen sie denn nie aus, diese Reichen, die hier wohnen? – Kommen sie denn nie nach Hause? –

Wo ist er denn überhaupt? – In welchem Vorort? –

Er liest einen Straßennamen an einem Pfosten. Der kommt ihm bekannt vor. Die Straße muß im Villenvorort des Grunewaldes liegen, nicht gar so weit von den Grenzen der Stadt.

Wohnt er nicht auch hier – er, Garding? –

Er kennt die Adresse seiner Privat-Villa nicht. Aber es kann eine von diesen hier, kann diese nächste hier sein, die so vornehm wirkt, kann diese sein, so gut wie jede andere ...

Wenn sie es ist! – Wenn gleich der Wagen vorgefahren kommt, der Wagen mit den beiden braunen Rappen und dem pompösen Kutscher auf dem Bock? – Und wenn der Wagen ihn doch bringt? – Aber mein, er ist doch schon fortgeschafft. Er hat sich das doch eben noch klar gemacht.

Er lauscht. Aber er hört nichts, als das Singen eines Vogels, der den Morgen nicht erwarten kann. Was für ein Vogel mag es sein? – Eine Amsel? –

Und plötzlich steht er auf und geht weiter, mit denselben schnellen, wie gehetzten Schritten, nur diesmal der Stadt zu – – zurück! ...«

»Er sieht jetzt, wohin er geht.

Er geht nicht mehr an den Menschen vorbei, ohne sie zu sehen, wie ein Nachtwandler, als ginge er durch sie hindurch. Er fühlt sie sich wieder nah, und weicht ihnen daher aus, die Bordschwelle suchend, an der die Bäume stehen.

So geht er die lange, breite Straße hinunter, die trotz der späten Stunde noch tagbelebte.

Er denkt nicht mehr an das, was er erlebt. Er weiß nur: er muß gehen, gehen, weiter und immer weiter gehen, bis er so müde ist, daß er umfällt und dieser letzten Stunden Geschehen – wenn es wirklich Wirklichkeit ist – in einer ungeheuren Ermüdung spurlos erlischt.

So geht er und geht, bis er die Bahn erreicht, die – eine Schlange, die sich in den eigenen Schwanz beißt – um die Stadt läuft.

Da ihn ein unerträglicher Durst quält, betritt er den Bahnhof und in ihm den Wartesaal letzter Klasse, einen abscheulichen, nach heißem Menschenfleisch und kaltem Tabakrauch stinkenden, gewölbten Raum, an dessen ungedeckten und unsauberen Tischen in halbbeleuchteten Ecken dunkle Gestalten kauern oder, über sie hingebückt, halb liegen, wie wenn sie nicht gesehen werden sein wollen. Wie sie, sucht er einen abgelegenen Winkel. Auch er, Heinz von Solden, will nicht gesehen werden.

Es dauert lange, bis ein Kellner an ihm vorbeikommt. Dann trinkt er eine lauwarme Limonade, die seinen Durst nicht löscht, so daß er sie angeekelt wieder von sich schiebt und aufsteht.

Weiter! – Wieder weiter! – – Er ist in dem großen Park. Auch hier noch in der – wie ihm dünkt – immer heißer und drückender werdenden Nacht auf allen Wegen noch Gänger, auf allen Bänken noch Paare.

Er geht und geht ...

›Ich verirrte mich‹, sagte er, ›auf den Nebenwegen ... wurde zurückgetrieben von der eigenen Hast, jetzt möglichst schnell vorwärts zu kommen ... kam nach Stunden, ich wußte nicht, wie vielen, endlich an das Tor ... durchschritt es ... ging die baumbestandene Straße in ihrer Mitte hinunter ... tauchte für eine Viertelminute, wie in ein schmutziges Bad, in das nächtliche Leben jener anderen Straße, die sie schneidet ... und kam endlich, beim Morgengrauen, vor meinem Hause an ...‹

Und endete: ›Die Treppen, bisher noch nicht gezählt, erschienen mir unersteigbar ... das Letzte, was ich noch zu erkennen vermochte, ein Lichtstreifen, der aus dem Zimmer, das sie, meine Wirten, bewohnte, auf den Korridor fiel ... und, während ich in dem meinen die Kleider abwarf und schon in Schlaf versank, undeutlich ein dunkler Fleck auf der Manschette meines Hemdes ...‹‹‹

– »Und nun tritt«, die Stimme neben mir schien mir auf einmal anders, fast gehässig, zu klingen, » *die* Person in dieser Geschichte in Aktion, mit der sie – ich sagte es schon – recht eigentlich steht und fällt – sie, seine Wirtin ...

Auch hier ist das Erlebnis unseres Freundes nicht ganz kriminalromangemäß.

Fehlt in ihn dort der alte, geizige Wucherer und Trödler in dem mit allerhand Gerümpel vollgepfropften Keller, sündenreif und gerade noch gut genug, um zur tiefen Befriedigung des atemlosen Lesers abgeschlachtet zu werden, so hier die Megäre, das furchtbare, rachsüchtige Weib, das nur auf das Verderben dessen sieht, den sie hoffungslos liebt, um ihn mit sich in den Abgrund von Sünde und Schande zu ziehen. Nein, Soldens Wirtin war – um gerecht zu sein – das grade Gegenteil: eine noch junge Frau, früh verwitwet, klein, fast zart, und zweifellos hübsch, ja anmutig – Sie haben sie nicht gekannt, schade! –, gewiß ohne tiefere Bildung, aber mit durchaus guten Manieren, zurückhaltend, unaufdringlich im Wesen und Benehmen – und doch: ich konnte sie, wenn ich ehrlich sein soll, nicht ausstehen! – Vor allem ihre Augen nicht. Diese Augen von unbestimmbarer Farbe, die von einem Gelb-grün in tiefes Schwarz hinüberwechseln konnten, wenn sie sich – jedesmal von Neuem – in den Besucher einbohrten, ihn erfaßten und abschätzten, fast feindlich, als wolle man ihr den nehmen, nach dem man fragte ... Sie waren mir unheimlich, diese Augen, wie etwas an der ganzen Person, ich wußte selbst nicht was.

Sie hatte sich, wie schon gesagt, in ihn verliebt und auf den ersten Blick, wie nur eine junge hübsche und seit längerer Zeit nicht mehr befriedigte (und sicherlich auch stark hysterische) Frau in einen jungen Menschen von so auffallender Schönheit, wie er es war, verlieben kann.

Er, in seiner Weltseligkeit und Erdenabgewandtheit, schien nichts davon zu ahnen.

Als ich einmal eine diesbezügliche Bemerkung machte – sie hatte ihn bei der Anmeldung mit den Augen gradezu verschlungen – lachte er nur.

›Unsinn!‹ sagte er. ›Du siehst Dinge, die nicht sind. Ich habe es hier so gut, wie ich es nur haben kann. Sie sorgt für mich und denkt nicht daran ... Übrigens höre und sehe ich fast nichts von ihr ...‹

Aber ein Unterton von Mißbehagen, das er zu verbergen suchte, schwang in seinen leichten Worten mit, und ich hörte ihn heraus. Wenn er dieses Unbehagen auch nicht wahrhaben wollte, bei seinem abnorm feinen Empfinden war es schwer denkbar, daß er ihre Nähe nicht so empfand. Er fühlte sie sicher selbst durch die geschlossenen Türen hindurch als dränge sie zu ihm hin. Aber ich widersprach ihm nicht mehr.

›Wenn wir uns nicht um die andern kümmern‹, meinte er nur noch, ›kümmern sie sich auch nicht um uns ...‹

Wie er sich irrte! – Wie sehr er sich irrte, sollte er nur zu bald an seinem eigenen Leibe erfahren! ...«

»Aber bleiben wir«, fuhr der Erzähler fort (und wieder erkannte ich den Schöpfer der großen Trilogie, der seinen Stoff ordnet und teilt, bevor er ihn angreift), »bleiben wir in der zeitlichen Reihenfolge der Ereignisse, die uns, nachdem sie uns erst von der Nacht zum Morgen, und dann an diesem Morgen weiter, bis zu ihr, seiner Wirtin, geführt haben, wieder zu ihm zurücklenken werden.

Hier allerdings sind wir, ich wiederhole es, nicht mehr auf seine Mittelungen, sondern in der Hauptsache auf unsere eigenen Vermutungen angewiesen. Nichtsdestoweniger wird sich der Vormittag etwa so abgespielt haben:

Bald, nachdem er, so ganz gegen seine Gewohnheiten, so spät (oder besser gesagt, so früh) nach Hause gekommen, ist sie auf.

Sie hat natürlich die Nacht hindurch wachend gelegen und sein Nachhausekommen gehört.

Die Post kommt (ein Brief seiner Mutter) und die Morgenzeitung, die er sich hält.

Während sie das Frühstückstablett hineinträgt – er macht sich den Tee stets selbst – fällt ihr Blick auf die großgedruckten Lettern der Überschrift und einen Namen: Garding.

Sie stutzt. Sie stutzt zum ersten Male an diesem Morgen. Garding? – Wo hat sie diesen ihr sonst unbekannten Namen doch noch vor kurzem gehört oder gelesen? –

Sie erinnert sich. Stand er nicht auf der Karte, die gestern früh ankam? – – (und die sie natürlich gelesen – welche Wirtin liest nicht die Korrespondenz ihres Mieters, soweit sie ihrer habhaft werden kann!) –

Sie stellt das Tablett ab und vertieft sich in die Notiz der Zeitung.

Die besagt: daß man gestern Abend den in weiten Kreisen bekannten Kunsthändler Emanuel Garding in den Räumen seines Geschäftshauses ermordet aufgefunden habe. Er sei mit einem schweren Leuchter von hinten niedergeschlagen worden. Die Hirnschale sei zertrümmert und der Tod müsse auf der Stelle, oder doch nach wenigen Minute, eingetreten sein. Die Tat selbst könne nur in der Zeit zwischen halb acht und neun Uhr geschehen sein, da um halb acht der nach der Hauptstraße zu gelegene Laden von den Angestellten geschlossen sei und diese selbst das Haus gleich darnach verlassen hätten; um neun aber, fast gleichzeitig, wie allabendlich, der Kutscher und der Wächter erschienen seien. Der Kutscher sei es dann auch gewesen, der den Mord entdeckt. Er habe Garding in dem hinter dem Laden gelegenen Raum auf der Erde und tot aufgefunden. Soweit es sich übersehen lasse, handele es sich um keinen Raubmord, denn weder hätten sich Gegenstände als vermißt bezeichnen lassen, noch sei die Ordnung im Zimmer gestört. Das

Motiv der furchtbaren Tat sei umso unerklärlicher, als auch ein Racheakt kaum in Frage kommen könne. Garding habe zwar viele Freunde, aber sicherlich keinen einzigen Feind besessen, und das so plötzliche Hinscheiden des auch als Mensch allgemein beliebten Mannes werde von allen, die ihn gekannt, sicherlich tief betrauert werden ...

Sie hat den kurzen Bericht mit steigender Unruhe gelesen. Sie erinnert sich jetzt: auf der Karte war von einer Einladung die Rede, von einer Einladung zu selben Tage, also zu gestern, und auf den Abend.

Sie erschrickt. Wo mag die Karte geblieben sein? – Hat er sie, wie seine Briefe, fortgeschlossen, oder liegt sie etwa noch unter diesem Stapel von Schriftstücken hier auf den Schreibtisch? –

Sie lauscht an der Tür, hinter der er schläft. Wenn die aus dem Schacht des Hofes und durch das dort Nachts immer offenstehende Fenster heraufdringenden Geräusche des erwachenden Morgens – stimmen von Frauen, Lachen der Kinder, Rufe von Händlern – zeitweilig verstummen, glaubt sie dort sein Atmen zu vernehmen.

Aber er wird heute noch lange schlafen und sie weiß, daß er nie anders als angekleidet oder in Pyjamas durch diese Tür sein Zimmer beitritt. Das Plätschern von Wasser allein schon wird sie rechtzeitig warnen.

Wahrend er also den totenähnlichen Schlaf körperlicher und seelischer Ermattung dort drinnen bis zum Mittag schläft, geht sie an die Arbeit.

Mit der Schlauheit und Sorgfalt, die nur eine Frau in solchen Fällen aufbringt, durchsucht sie zunächst den Stapel auf dem Schreibtisch, ängstlich bemüht, kein einziges Blatt aus seiner Reihe zu bringen, und jedes genau so wieder hinzulegen wie es lag.

Sie findet die Karte. Sie liest sie wieder. Ihre Erinnerung hat sie nicht getäuscht. Es ist eine Einladung an Herrn Heinz von Solden zu gestern Abend acht Uhr, und sie kommt von diesem gestern Abend ermordeten Kunsthändler Garding! –

Jetzt packt sie die Angst.

Aber die Angst wird zum Entsetzen, als sie daran geht, das Zimmer aufzuräumen und als erstes den von ihm gestern getragenen und gegen alle Gewohnheit nicht über den Bügel gehängten, sondern achtlos hingeworfenen Anzug in die Hände nimmt: auf seinem rechten Ärmel ist ein noch feuchter, rostbrauner Fleck. Und hier, auf derselben Stelle der rechten Manschette des Hemdes ein gleicher Fleck, nur heller in der Farbe!

Ein erster Verdacht steigert sich bei ihr zur Gewißheit: die Flecke rühren von Blut her ... er ist gestern Abend dort gewesen ... sie können nur in Zusammenhang mit der Tat gebracht werden, von der sie eben gelesen! – –

Was soll sie tun? – Was kann sie tun? – –

In der verzweifelten Entschlossenheit, ihm, den sie liebt (ohne daß er es weiß) zu helfen und ihn, wenn es sein muß, zu retten, bringt sie zunächst die hervorgesuchte Karte an sich (für den Fall er es übersehen sollte, sie zu vernichten); nimmt dann das Jackett mit sich hinüber in ihr Zimmer und bearbeitet den Ärmel solange mit Waschen und Plätten, bis die Spuren auf ihm nicht mehr sichtbar sind; nimmt als letztes auch das Hemd (er hat so viele Wäsche, daß das Fehlen dieses einen Stückes ihm nicht auffallen wird, wenn die Wäsche, die sie jetzt zählt und wie gewöhnlich aufschreibt, um sie noch heute in die Anstalt zu bringen, zurückkommt), um es zusammen mit der Karte bei sich so zu verstecken, daß beides auch im Falle einer Haussuchung (die sich übrigens, wie sie glaubt gehört zu haben, nicht auf ihre Räume erstrecken darf) unmöglich gefunden werden kann.

Dann räumt sie das Zimmer ihres Mieters auf, wie täglich.

Hat sie auch alles getan, was sie tun kann – für ihn?

Sie findet nichts mehr was ihr übrig bleibt.

Jetzt erst hat sie Zeit zu ruhigere Nachdenken.

Daß er ein Mörder ist, glaubt sie natürlich keinen Augenblick. Aber es braucht kein überlegter Mord zu sein: ein Totschlag im Handgemenge ... ein Streit in Notwehr ... Sie kann es sich nur so gar nicht vorstellen, wie er – er! – je mit einem anderen Menschen in Streit geraten kann – in einen Streit zumal mit solchem Ausgang ...

kann erst recht nicht daran glauben, daß er einen anderen Menschen niedergeschlagen haben soll und noch dazu von rückwärts ...

Wenn sie sich irrt? – Wenn alles nur auf einem Zusammentreffen von Umständen, an denen er ganz unbeteiligt und unschuldig ist, beruht? –

Einerlei: das, was sie getan, kann auf keinen Fall schaden.«

Hier unterbrach sich der große Dichter selbst, um in dem gleichen bitteren Ton, wie vorhin, als er von ihr zuerst gesprochen, und wie zu sich selbst, einzufügen:

»Sie sollte ihre Ansicht ändern! – Nur zu bald traute sie ihm alles zu, was ihn in den Besitz solcher Blätter bringen konnte, vor denen er immer wieder saß und die er solange betrachtete ... traute ihm in der wahnwitzigen Blindheit ihrer ›Liebe‹ sogar einen Mord zu! ... Wer kennt sich in diesen Weibern aus, wenn sie sich verschmäht glauben und ihre sogenannte Liebe sich in Haß verwandelt!«

»So wartet sie sein Erwachen ab, und ihre Gedanken werden sich in diesen Stunden nur noch mehr und mehr verwirrt haben, so daß sie sich in ihnen nicht mehr zurechtfindet. Aber wäre sie noch im Geringsten im Zweifel darüber gewesen, daß er von der Tat wußte und mit ihr in Verbindung stand – die nächsten Tage hätten ihr auch den letzten genommen. Von einem auf den anderen ist aus ihrem Mieter, einem jungen, frohen Menschen, dem das Lachen nur so über die Lippen sprühte, ein verschlossener, scheuer geworden, der ihr aus dem Wege geht, so daß sie ihn kaum mehr zu Gesicht bekommt; der das Haus zu den ungewohntesten Stunden verläßt, um zu ebenso ungewohnten heimzukehren; der ganze Tage fortbleibt, und, wenn er doch einmal auf seinem Zimmer ist, sich verleugnen und Besuche abweisen läßt ...; und der ...«

»Aber ich greife vor. Nicht von ihr soll einstweilen mehr die Rede sein, sondern von ihm.

Kehren wir zu ihm zurück.

Er erwacht endlich. Es ist hoher Mittag.

Und, wie er mir sagte: ›Sofort stand auch das Erlebnis des gestrigen Abends vor mir, und sofort wußte ich auch, was ich zu tun hatte und was ich in einer momentanen Sinnesverwirrung zu tun unterlassen hatte ...‹

Er nimmt in seinem Tub nach englischer Sitte das tägliche Bad (denn ein Badezimmer befaß neben ihren sonstigen Vorzügen seine Bude leider nicht); vermißt an der gewohnten Stelle seinen Anzug; geht nach vorn, wo er ihn abgelegt haben muß, denn er findet ihn sorgfältig über den Stuhl gehängt vor, findet, neben dem Frühstück, einen Brief seiner Mutter, sowie die gewohnte Morgenzeitung.

Wahrend er sich seinen Tee bereitet, durchfliegt er ruhig (ruhig, als läse er eine ihn in keiner Weise berührende oder auch nur stark interessierende Nachricht) die großgedruckte Überschrift und unter ihr den Bericht, der ihm wenig Neues sagt. Höchstens, daß die anfängliche Annahme eines Raubmordes hinfällig zu sein scheint.

Er verläßt das Haus, ohne seiner Wirtin zu begegnen.

Er begegnet ihr selten. Man muß es ihr lassen, sie stört ihn nie ohne Grund, denkt er, wie er die Treppen hinuntersteigt.«

»Er geht zur Stadtbahn, besteigt den nächsten, nach Osten gehenden Zug und hat bereits bei der zweiten Station die Hand auf den Drücker der Tür gelegt, um auszusteigen, als ihn das jähe Gefühl einer furchtbaren, drohenden Gefahr durchzuckt und wieder zurückreißt.

Seine Hand fällt ab. Er läßt die Aussteigenden an sich vorüber und setzt sich wieder in die Ecke.

Er ist und bleibt allein in dem Abteil. Er fährt weiter und weiter, wohl eine halbe Stunde lang, bis der Zug an seiner Endstation, einem beliebten Ausflugsort im Osten, angelangt ist und hält.

Während der ganzen Fahrt hat er regungslos in der Ecke gesessen, die Arme ineinander verkreuzt und wieder nur einzig von diesem Gefühl der letzten Nacht, dem der sinnlosesten Angst, beherrscht.

Denn vorhin, vor dem Aufsteigen, ist ihm ein neuer, ein bisher noch gar nicht in Betracht gezogener Gedanke gekommen. Der: daß man ihn dort, wo er hin will, selbst für den Mörder halten wird, ja: halten muß! –

Dieser Gedanke ist es gewesen, der ihn noch im letzten Augenblick zurückgerissen hat ...

Er hat erst versucht, über sich selbst und diesen absurden Einfall zu lachen.

Lächerlich: wer kann ihn, Heinz von Solden, wenn er ihn vor sich sieht, für einen Mörder halten! – Er braucht sich ja nur zu zeigen, nur zu sprechen, ja, nur seinen Namen zu nennen, diesen bekannten Namen, und jeder Verdacht muß sofort im Keime verstummen. Man wird ihn zwar verhören, gewiß. Man muß es. Aber wenn man gehört und aufgeschrieben, was er zu sagen hat, wird man ihn entlassen. Höflich und mit dem Ausdruck des Bedauerns entlassen, ihn bemüht zu haben, um ihn dann, da seine Aussage für den Fall und seine Aufklärung im Grunde ja ohne jede Bedeutung ist – (höchstens, daß man nun aus ihr die genauere Stunde der Tat festzustellen vermag, denn den Mörder hat er kaum gesehen und kann keinerlei Beschreibung von ihm geben) – um ihn dann zu entlassen und fernerhin nicht mehr zu belästigen ...

Außerdem: welcher Mörder stellt sich selbst! –

Aber bei dieser letzten Erwägung sieht er plötzlich, wie unsinnig alle diese Betrachtungen sind, mit denen er glaubt, sich selbst zu beruhigen und über die Gefahr hinwegtäuschen zu können: mancher Mörder stellt sich selbst seinem ›irdischen Richter‹, der eine, sobald er zur Besinnung kommt über seine tat, in Entsetzen und Reue; ein anderer erst nach Jahren, wenn er die Last seiner Schuld nicht mehr erträgt.

Sodann: wer ist er denn, daß er glaubt, man werde ihm seine Unschuld an der Nase ablesen? – Und sein Name – wer kennt seinen Namen dort! – Selbst wenn man ihn gehört haben sollte, was kann er ihm in diesem Falle groß nützen! ...

Nein – er sieht jetzt klar – man wird ihn vor allem gar nicht mehr fortlassen, sondern dortbehalten und ihn zunächst einmal in Untersuchungshaft nehmen, da alle ›Indizien‹ gegen ihn sprechen, froh, wenigstens einen zu haben, an den man sich halten kann. Man wird ihn verhören und wieder verhören ... Man wird ihn halbtot quälen mit Fragen ... Man wird ihn mit tausend Schlichen und Ränken in seine eigenen Aussage zu verstricken suchen, bis er selbst nicht mehr weiß, was er sagt und was wahr ist ... bis er anfangen wird, an die eigene Schuld zu glauben ... Endlich; man wird ihn unter Anklage stellen, und, da alles gegen ihn spricht, und der wahre Täter unentdeckt bleibt, verurteilen ... Man wird – – – aber hier wagt er nicht weiter zu denken, denn seine Gedanken schaudern zurück vor diesem Letzten ...«

»Wo ist er denn eigentlich? – Er sieht sich um und sucht sich zu besinnen.

Richtig: er ist ausgestiegen und geht nun den kurzen Weg unter den Kiefern hin bis zum Wasser.

Er setzt sich in einen der um diese frühe Nachmittagsstunde noch fast leeren Wirtschaftsgärten. Er merkt erst jetzt, wie hungrig er ist. Aber als das Bestellte vor ihm steht, weiß er kaum, was er ißt und schiebt alles angewidert von sich.

Er versucht, sich weiter zu möglichst kühler Überlegung zu zwingen.

Allmählich wird er ruhiger und ruhiger.

Noch ist nichts verloren! –

Er wird sich nicht ausliefern.

Gestern Abend konnte er es nicht. Jetzt will er es nicht mehr! – Er wird sich nicht selbst in die Hände der Menschen liefern. Denn in die Hände der Menschen zu fallen – immer ist es ihm als der Schrecken aller Schrecken erschienen! –

Er wird sich nicht selbst den Strick um den Hals legen, mit dem man ihn fangen will.

Noch weiß kein Mensch von seiner Bekanntschaft mit Garding. Kein Mensch, denn er hat zu Niemandem bisher von ihm gesprochen.

Einen intimen Freund, dem er ›Alles sagt‹, besitzt er nicht, trotz oder vielmehr grade wegen seiner Beliebtheit unter seinen Kommilitonen und uns, den ›Zukünftigen‹ – (Dank, daß Sie mich wieder auf den Namen gebracht!) –

Uns von dieser Bekanntschaft zu erzählen und seine Schätze, die beiden Piranesi zu zeigen, hat er unterlassen, obwohl kein Grund vorlag, es nicht zu tun und nicht von ihr zu sprechen.

Nun würden sie nie von ihr erfahren.

Daß er seiner Mutter, zu der er noch immer, wie als Kind und Knabe, jedes kleinste Erlebnis trägt, noch nicht davon geschrieben, ist ein reiner Zufall. Die gewohnten vier wöchentlichen Seiten waren grade voll von Anderem und das nächste Mal wollte er ihr dann ausführlich und zugleich von seinem zweiten Besuch und dessen Verlauf berichten ... Jetzt würde er natürlich nichts schreiben, denn schreiben ließ sich dies alles nicht, ohne sie maßlos aufzuregen, und ihn und sein ganzes Verhalten in einem falschen Licht erscheinen zu lassen, dieses Verhalten, welches, wie er mehr und mehr einsah, das Licht so wenig vertrug ...

Wenn alles aufgeklärt und vorüber, wenn er erst wieder bei ihr ist, wird er ihr alles erzählen ... in Kurzem ist das Semester zu Ende ... ist all' dies zu Ende, und er muß nach Hause! ...

Er darf ruhig sein: kein Mensch kann bezeugen, daß er den Ermordeten je gesehen oder gesprochen, daß er eine Abendstunde bei ihm verbracht und gestern dort gewesen ist. Kein Mensch! –

Denn daß Garding selbst Anderen von ihm erzählt oder gar in Aufzeichnungen erwähnt haben sollte, war mehr als unwahrscheinlich; seine Einladung aber war kein kopierte und registrierter Brief, sondern hatte in wenigen selbstgeschriebenen Zeilen auf einer offenen Karte bestanden.

Diese Karte allerdings mußte sofort beim Nachhausekommen vernichtet werden. Dann gab es nichts, was einen Beweis gegen ihn bilden konnte, sollte man – was fast ausgeschlossen war – auf ihn verfallen und bis zu ihm dringen.

Er erinnert sich, wo er sie hingetan, diese Karte: als ein seinem Inhalte nach gleichgültiges Schriftstück nicht zu seinen verschlossenen Briefschaften, sondern in den Stapel ebenso gleichgültiger Skripturen und Drucksachen auf seinem Schreibtisch – unter den Briefbeschwerer. In wenigen Stunden würden sie vernichtet sein.

Das geschehen, würde er wieder ruhig schlafen können. Wie fest wollte er nicht in dieser Nacht schlafen, um dann beim Erwachen das ganze Abenteuer (denn nichts als ein Abenteuer war es, wenn auch ein seltsames und furchtbares) zu vergessen und nie von ihm zu einem Menschen – nein, auch zu seiner Mutter nicht, wie er sich jetzt vornahm – zu sprechen.

Die Gefahr ist noch im letzten Augenblick an ihm vorübergegangen. Aber wie nah ist er ihr eben noch gewesen!«

»– Und hier«, hörte ich weiter neben mir sagen, »wo er wieder beginnen kann, klar zu denken, war es, daß er, mit einem leisen Stich in der Gegend des Herzens, empfand, bisher mit keinem Gedanken noch an den gedacht zu haben, der nun tot war ...

Er schämt sich. Er denkt daran, wie gütig der Tote gegen ihn gewesen ist, gegen ihn, den jungen Menschen, der ihm doch so nichts, so gar nichts sein konnte. Mit welcher Erwartung war er nicht gestern Abend – war es wirklich erst gestern Abend gewesen? – zu ihm gegangen! – Mit welcher inneren Freude nicht wieder! – Und nun ist das alles vorbei, die Hoffnungen, die er an diese Bekanntschaft geknüpft, die Freude dahin, und er wird zu keinem Menschen auch nur den Namen erwähnen dürfen! ...«

»Wüster Lärm stört ihn auf.

Eine Horde entsetzlicher Weiber, beladen mit fettigen Paketen, ist in den Garten gedrungen, Tische werden zusammengeschoben und unter schrillem Gekreisch besetzt. Dann geht das Geschnatter los, das nun bis zum Abend währen wird, ununterbrochen, ununterbrochen ...

Er flieht entsetzt.

Er geht ans Wasser. Auf ihm bewegen sich jetzt einzeln Boote und jene seltsamen Ruderschaufler, auf denen die Menschen wie Affen hocken und die sie mit Strampeln ihrer Beine weiterbewegen.

Er bekommt Lust ebenfalls zu rudern und nimmt sich ein leichtes Boot.

Wie heiß es auch heute wieder ist! – Vielleicht findet er eine versteckte Stelle, an der er baden kann. Aber er hat ja kein Handtuch mit. Er muß über sich selber lächeln: anderen jungen Menschen seines Alters ist das gleich und sie kümmern sich den Teufel darum, ob sie naß oder trocken wieder in die Kleider kommen – er, er muß natürlich zuerst an ein Handtuch denken ... Wenn er sich doch nur diese Zimperlichkeiten abgewöhnen könnte! – – Ach: er wird sie sich nie abgewöhnen! ... also kein Bad heute! – aber es ist schon schön genug so dahintreiben zu lassen, hier und da mit einem Schlag der Ruder einem anderen Boote ausweichend, während die Sonne auf dem Wasser glitzert und die Brust, befreit von dieser entsetzlichen Angst, wieder zu atmen vermag.

Alles erscheint ihm freundlich und lieblich, obwohl diese Ufer – Fabriken links and langhingestreckte Restaurationsgärten rechts – es gewiß nicht sind.

Er will nun doch öfters hinaus in diesen nächsten Wochen vor Semesterschluß und sich die Umgegend, von der er noch so wenig kennt, näher ansehen. – Und nicht immer so allein, sondern mit einem Freund. Einem Freund – er hat ihn nicht. Noch nicht.

Wer käme am ersten wohl in Betracht aus dem Kreise der Zukünftigen? ...

– Er sinnt und sinnt, läßt sich treiben und lehnt sich zurück, als sein Blick zufällig auf sein Jackett fällt, das er auf die Steuerbank gegenüber geworfen hat. Einer der Ärmel hängt herunter.

Wie er es aufheben will, damit es auf dem Boden des Bootes nicht naß und schmutzig wird, fühlt sich eine Stelle an eben diesem Ärmel so merkwürdig an, als sei sie erst kürzlich gereinigt worden und dann eingetrocknet.

Und da – ich gebrauche wieder seine eigenen Worte – tritt in sein Bewußtsein der Augenblick seines Nachhausekommens in der vorigen Nacht, – nein, heute früh – der Augenblick, in dem er beim Ausziehen einen dunklen Fleck an seinem Hemde zu bemerken glaubte, um dann aber sogleich, taumelnd vor Müdigkeit und Erschöpfung, auf sein Bett zu sinken.

Wenn aber am Hemde, wird sich auch auf dem Jackett, und zwar an der gleichen Stelle des rechten Ärmels, ein gleicher Fleck befunden haben! ...

Er nimmt es nochmals auf und befühlt es genau. Kein Zweifel – hier ist die Stelle, und sie wurde gereinigt. Sorgfältig gereinigt. Und nur *ein* Mensch kann es getan haben! ...

Wo ist das Hemd! – Er hat heute früh, wie fast täglich, ein frisches hervorgeholt und übergezogen. Wo ist das von gestern geblieben? – Er erinnert sich undeutlich, vorhin auf dem Schreibtisch den Waschzettel liegen gesehen zu haben. Das ist nicht Auffälliges – dort liegt er immer, wenn seine Wirtin seine Wäsche zählt und fortgibt. Aber sie muß den Fleck auf dem Hemd, wie diesen hier, gesehen haben, so wie sie diesen hier gesehen und entfernt hat.

Sie weiß natürlich nichts von Garding und ihm. Aber ebenso gewiß hat sie schon von dem Morde gehört, von dem in diesen Stunden ganz Berlin weiß und spricht ... Lächerlich natürlich, ein paar Blutflecken, die ebensogut von einer Verletzung an der Hand herrühren können, gleich mit diesem Morde in Verbindung zu bringen! – Aber warum ist dieser Fleck hier so sorgfältig behandelt! – Warum die Wäsche (und mit ihr das Hemd) grade heute fortgegeben? ...

Und die Karte, die Karte! – Ach was, die liegt ruhig unter den anderen Papieren auf seinem Tisch, und selbst wenn sie sie gelesen haben sollte, die offenen Karte – welches Interesse kann sie an ihrem Inhalt und an einem ihr fremden und gleichgültigen Namen genommen haben, um sich seiner noch nachträglich zu entsinnen! –

Er sagt sich dies alles, sagt es sich wieder und wieder. Aber er ist nicht mehr ruhig.

Gar nicht mehr ruhig. Er wirft sich das Jackett über, treibt das Boot zur Landungsstelle zurück und hastet zum Bahnhof.

Wieder ist er allein in seinem Abteil, und wieder beginnen sein Gedanken zu jagen, beginnt sein Herz zu klopfen, dieses wohl schon immer nicht ganz gesunde und übernervöse Herz ...

Er weiß es schon jetzt: er ist nicht mehr allein mit sich und mit dem, was eben noch zwischen ihm und dem Tote ein ewiges Geheimnis bleiben sollte und bleiben muß. Einer schon, *Eine*, ist eingedrungen mit dem Blick dieser Augen, die er so oft schon als störend und unbehaglich empfunden, wenn sie auf im ruhten, diesem Blick, den er noch im Rücken fühlte, wenn er sich schon zum gehen gewandt ...«

»Er ist in seinem Zimmer, wie er wieder glaubt ungesehen von ihr, angelangt.

Er steht am Schreibtisch und legt, jetzt schon zum zweiten Male, Blatt um Blatt des Stapels um: die Karte ist nicht darunter! –

Nicht mehr darunter! – Denn er weiß – er, der die Ordnung selber ist –, daß er sie gestern früh dorthin getan.

Er sieht sie wieder vor sich, als hielte er sie in der Hand. Er liest in Gedanken wieder die wenigen Zeilen hinter dem Datum und dem vorgedrückten Namen: ›... ... ... bittet Herrn Heinz von Solden, ihn mit seinem Besuch morgen Abend um acht Uhr beehren zu wollen ...‹ Er hat sich gefreut, nicht nur über die Einladung, sondern auch über ihre Form und die sympathische Handschrift in ihren großen steilen Zügen, die ihn so an die seines Vaters erinnert.

Hat er sie etwa doch zu seinen Briefen gelegt und mit ihnen verschlossen? – Er sucht auch dort. Nein, er irrt sich nicht. Die Karte ist fort. Wer kann sie genommen haben, außer ...

Dann fällt sein Blick auf den Zettel, auf dem, sorgsam wie immer, die fortgegebene Wäsche verzeichnet steht: so und so viel von jedem Stück, so und so viel Taghemden ... Aber was weiß er, wieviel er in der vorigen Woche getragen hat! – Er kann diese Aufzeichnungen nicht kontrollieren und hat es nie getan. Dergleichen praktische Dinge langweilen ihn unsäglich, und er ist ganz hilflos in ihnen.

Aber was bisher nur ungewisse Befürchtung war, wird ihm zur Gewißheit: er ist nicht mehr allein mit seinem Erlebnis. Es gibt einen Menschen, der darum weiß, und dieser Mensch wohnt dort drüben, hinter dieser Tür, jenseits des Flures, nur um Schritte von ihm getrennt.

Er weiß es jetzt; sie, seine Wirtin, hat sein Jackett gereinigt; hat das Hemd in die Wäsche gegeben; sicher, nachdem sie auch die verdächtige Stelle ausgewaschen hat; die Karte, deren Inhalt sie gestern früh gelesen, an sich genommen ...

Aber warum? – Warum? –«

»Was soll er tun? – Sie rufen und fragen? – Was fragen? – Ob sie etwas von der Karte weiß? – Abgesehen von der Albernheit der

Frage – welche Gefahr in ihr! – Sie wird ihm gar nicht antworten. Sie wird ihn nur ansehen, und ihre Augen werden die dunkle Farbe annehmen, die sie haben, wenn sie ihn eine Zeitlang unverwandt so anblickt ... anblickt mit dieser versteckten Heimlichkeit, die über ihrem ganzen Wesen liegt und die sie ihm so fremd macht, daß er nur das Nötigste mit ihr spricht ... Wenn sie aber doch antwortet, wird sie sagen, daß sie nicht wisse, was er von ihr wolle ... und dann hingehen und sich das ihre denken ...

Soll er sie – er starrt noch immer auf den Zettel in seiner Hand – etwa nach dem Verbleib des Hemdes fragen? – Sie wird auch diesmal nicht lächeln (denn sie lächelt nie), sondern ihm erwidern, daß sie die Wäsche fortgegeben hat wie immer, und wird, wenn sie bereits einen Verdacht hat, von den Flecken auf ihm und dem Jackett natürlich nichts wissen. Diesmal aber werden ihre Augen auf ihm nicht mehr listig, sondern unerträglich-forschend haften, so daß er verstummen muß ... Sie aber wird die gekränkte Miene aufsetzen, bevor sie ihn stehen läßt und hinübergeht ... die Miene, die er unter allen am wenigsten bei dieser Art von Frauen vertragen kann, und die er bei ihr schon zur Genüge kennt.

Soll er etwa selbst zur Wäscherei gehen, um festzustellen, ob sich unter den Hemden auch eines mit einem Blutfleck auf der Manschette gefunden hat, sich so auch dort lächerlich machen und den Verdacht geradezu auf sich lenken? – Unmöglich auch das!

Nein, er kann nichts von alledem tun. Er kann nur schweigen. Schweigen – ihr, die es weiß, wie allen anderen Menschen gegenüber ...

Dann, wie er so dasteht und nachsinnt, weiß er auf einmal, weshalb sie dies alles getan. Und weiß zugleich: er ist sicher bei ihr. Sie wird schweigen, wie er schweigen wird.

Aber leichter, leichter macht ihn diese jähe Erkenntnis nicht.«

Wie oft wir bereits den übergrünten Weg zwischen den alten Gräbern in diesem verlassenen Teile des Friedhofes hinauf und wieder hinunter gegangen waren, vermag ich nicht mehr zu sagen, aber – allmählich müde geworden – setzten wir uns (vorsichtig, denn sie drohte in die Erde zu versinken) auf eine der alten Eisenbänke mit den verwitterten Schnörkeln, auf der sich gewiß schon lange kein Mensch mehr ausgeruht.

Es war einer jener lautlosen Tage, in denen die ganze Natur in Lethargie zu versinken scheint. Kein Windhauch ging. Als hielte sie den Atem an, in tödlicher Ermattung oder um neue Kräfte zu sammeln für die kommenden Stürme des Herbstes.

Schlaff hingen die Zweige der hohen Bäume und Sträucher, berührt bereits von seinen ersten Hauchen. Der Himmel lag klar und nebelweiß, kühl und still, in wolkenloser Leere über einer müden Erde, und wären nicht Ruf und Lachen der unermüdlich hinter der Mauer spielenden Kinder gewesen, wir hätten glauben müssen, auch jenseits von ihr sei alles Leben erloschen und läge, wie hier, in dem Banne eines ewigen Schweigens.

Der neben mir Sitzende, den rechten Arm über die Lehne der Bank gelegt, so daß er dicht an meiner Schulter lag, begann von Neuem.

»Bis hierher«, meinte er, »habe ich, so gut wie möglich, mit Soldens eigenen Worten berichten können, und – wenn auch ungewöhnliches, so doch klar erkennbares Geschehen.

Nun aber – über das, was dann geschah – in diesen Wochen nach dem Morde an dem Kunsthändler Garding bis zum Schluß des Semesters, sowie über die Gründe, die Soldens Fortgang von Berlin auf zwanzig Jahre hinaus bewirkten – über diese acht Wochen sprach er eben so selten und wenig mit mir, wie er des Öfteren (und offenbar nicht einmal ungern) auf das geschilderte Ereignis zurückkam, gleichsam, als könne es sich so – ich sagte es schon – von ihm und einer wohl noch immer auf ihm lastenden Erinnerung an einen Abend und eine Nacht endlich innerlich befreien.

Es waren die Woche in denen sich jene äußere Wandlung in ihm vollzog, wie sie einschneidender in einem Menschenleben nicht gedacht werden kann, jene Wandlung, die ihm zugleich zeigte, wie es in seinem Inneren beschaffen, wie er in Wirklichkeit war ...

Es geschah in diesen Wochen eigentlich nichts, und Tatsachen sind aus ihnen nicht zu vermelden. Kam er also – durch die eine oder andere meiner vorsichtigen Fragen veranlaßt – auch auf sie zu sprechen, so geschah es stets so unzusammenhängend und zurück-

haltend, immer nur in halben Sätzen und fast unmutigen Andeu-
tungen, daß nichts weiter übrig bleibt, als uns ihre Tage und Nächte
selbst zu rekonstruieren und sie hinzustellen, so gut oder so
schlecht es eben geht. Wir tauchen damit in die Labyrinthe der Seele, um deren Erschließung sich die Forscher unserer Zeit so sehr
bemühen, und in denen wir trotzdem einstweilen immer noch so
ziellos umherirren, wie bisher, ohne uns auch nur in einem ihrer
verschlungenen Gänge mit Sicherheit zurechtfinden zu können, wie
tief wir auch – allein schon um die verruchte Lust der Entblößung
bis aus Letzte auszukosten – in ihre Rätsel einzudringen glauben.
Denn immer wieder stehen wir vor neuen, und bestürzt und be-
schämt kehren wir zurück in das nüchterne Licht des Alltags, unter
dem uns Alles natürlich erscheint: nah das Fremdeste, selbstverständlich das Unwahrscheinlichste; und selbst das grauenhafte
alltäglich wie dieser tag selbst ...

Mögen das auch vielleicht allzu schwere Worte sein für den Fall,
der uns heute beschäftigt – manches wird uns doch auch in ihm nur
im Lichte dieser Betrachtungsweise verständlich. Wir werden verstehen, was es war, das einen Menschen so zu wandeln vermochte,
um ihn später fast unerkennbar erscheinen zu lassen. Wir werden
begreifen, was ihn im Tiefsten so treffen konnte, daß er gewisser-
maßen versteinte. Und wir werden erkennen, daß eine Natur wie
die seine, einen Kampf aufgeben mußte, der ihm aussichtslos erschien und vor dem es nur eine Rettung gab – die, sich aus ihm
zurückzuziehen auf sich selbst.«

»Einmal aber sagte er mir doch noch dies (und ich habe weder die
Worte, noch den Tonfall, in dem er sie sprach, je vergessen können):

›Ich erinnere mich‹, sagte er, ›keines Tages in meinem Leben bis
zu jenem (er meinte natürlich den Tag seines zweiten Besuches bei
Garding mit seiner Entdeckung), an dem ich nicht glücklich gewesen wäre. In der Obhut der liebe- und verständnisvollsten Eltern, als
ihr einziger Sohn, war meine Kindheit so schön, wie eine Kindheit
nur sein kann. Die Schule, eine Folterkammer für so viele, wurde
mir leicht, weil ich sie selbst leicht nahm. Dann – hier, in einem
freigewählten und beglückenden Studium, das mich begeisterte,
unter Euch – bin ich glücklich gewesen, jeden Tag, jede Stunde in
einem Kreise von Gleichaltrigen, der mich selbst einen Vertrauten –

(wie ich ihn jetzt an dir habe) – nicht vermissen ließ, einen Vertrauten, dessen sonst doch, wie es heißt, der Mensch zu seinem vollen
Glücke bedarf. Ich war glücklich, glücklich auch in den kleinen und
doch so wichtigen, weil ausschlaggebenden Nebensächlichkeiten
des Lebens, wie zum Beispiel in Besitz dieser Bude ...‹

Aber dann brach er ab, um nur noch hinzuzufügen:

›Ich war schon nicht mehr derselbe, als ich am Morgen nach dieser Nacht nach Hause kam, um dann am nächsten Tage die Entdeckung machen zu müssen, daß außer mir noch ein zweiter Mensch
um mein Geheimnis wußte, und daß ich dieser Person damit auf
Gnade und Ungnade preisgegeben war.

Ein wie Anderer, ein wie ganz Anderer, ich dann in diesen nächsten Wochen wurde, das hätten mir Eure erschrockenen und ver-
wunderten Blicke nicht erst zu sagen brauchen, wenn ich einem von
Euch begegnete und mich beeilte, ihn abzuschütteln, weil ich seinen
Anblick nicht mehr ertrug. Ich fühlte es selbst und ...‹ hier unterbrach er sich, mit der müden Handbewegung, der gleichen mit der
er in späteren Jahren alles von sich schob, was sich an ihn herand-
rängen wollte, als könne er so die Dinge ungeschehen machen, die
sein Leben so früh zerstört. Es war dieselbe, mit der er mir andeuten
wollte, daß er nicht mehr gefragt sein wollte.«

Der große Dichter nahm seinen Arm von meiner Schulter und erhob sich ganz unvermutet. Mit einer ihm eigentümlichen Bewegung
beider Hände strich er seinen Bart nach beiden Seiten, um ihn mit
der einen wieder zusammenzulegen, und meinte, nachdem wir
unseren alten Weg wieder aufgenommen:

»Es waren nicht viel mehr als Fetzen von Worten, die mir unser
Freund hinwarf, so oft wir auf diese Zeit zu sprechen kamen, aber
ich muß trotzdem versuchen, die Wochen vor uns aufleben zu lassen. Es wird mir wohl gelingen, denn auch sie stehen vor mir, als
hätte ich sie mit ihm durchgemacht – diese Wochen ... diese
schlimmen Wochen ...«

»Er hatte recht, wenn er sagte, er sei nach dieser ersten Nacht bereits ein anderer geworden. Nie hätte unser Heinz, wie wir ihn
kannten, so leben können, wie er von da an zu leben begann und
dann wochenlang lebte.

Nach nächtlichen Träumen, von denen er nur mit Grauen in der Stimme sprach. Träumen, in denen er neben dem Toten zu knieen glaubte und mit seinen Fingern in den blutigen Brei der Wunde faßte; Träumen, in denen er, wie in jener Nacht, keuchend floh, um sich beim Erwachen in den Händen der Gewalt zu befinden; Träumen, in denen er sich sah, verurteilt, im Kerker, darauf wartend, daß sich das Todesurteil an ihm vollziehen sollte – auf solche Träume folgten dann die Tage, von denen er nicht mehr wußte: fürchtete er sie mehr, diese Tage, oder jene Nächte! –

Er ist in ihnen unausgesetzt auf der Flucht.

Auf der Flucht vor einem Phantom seiner Einbildung, die allmählich Formen annahm, daß er zuweilen ernstlich glaubte, selbst schuldig zu sein.

Auf der Flucht vor sich selbst in einer ewigen Unentschlossenheit, die sein ganzes Wesen in Stücke reißt; soll er ein Ende machen und sich stellen; alles auf sich nehmen, was dann kommen würde an Erniedrigungen und Gefahren? – Oder soll er weiter schweigen, allein mit sich und seinem Geheimnis – nein, schon nicht mehr allein mit ihm, sondern in jedem Augenblick der Entdeckung ausgesetzt durch sie, seine Mitwisserin?

Aber es ist nicht diese Entdeckung, die er fürchtet. Es ist die Unruhe, die innere Unruhe, die ihn jeden Morgen hinaustreibt, und ihn erst am Abend zurückkehren läßt. Er ahnt, daß es einen Preis gibt, mit dem er sich ihr Schweigen erkaufen kann. Es ist ein Preis, den er nie zahlen wird – nie! – Er vermeidet es, ängstlich, ihr zu begegnen. Er sieht sie auch kaum, in diesen ersten Tagen – noch nicht! ... Aber er weiß: er ist ihrer sicher.«

»Das Begräbnis des Ermordeten hatte unter großer Teilnahme stattgefunden.

Er hat ihm fern bleiben wollen. Dann treibt es ihn doch hin. Aber er schließt sich nicht dem langen Zuge an, sondern läßt ihn an sich vorbei, inmitten einer Menge, die die Straße in der Nähe des Friedhofs säumt.

Wie es ihn hierher getrieben, so treibt es ihn eines Tages auch zu dem Hause an der belebten Hauptstraße, von dessen verschlossener Tür der Name der Firma und ihres einstigen Inhabers bereits entfernt sind. Er steht vor ihm und denkt an den Tag, an dem sein Fuß zuerst hier halt machte.

Es treibt ihn weiter um die Häuser herum – in die Nebenstraße ... in die Sackgasse ...

Auch hier an dem letzten Hause alles leer und stumm, geschlossen auch hier die niedrige Gartenpforte, verrammelt die Fenster.

Er erschrickt wie von einem Wagnis. Wenn man auf ihn aufmerksam wird! – Ihn fragt was er hier will? – Aber hier wird in den letzten Tagen gewiß schon mancher Neugierige herumgelungert sein und die Nachbarschaft es aufgegeben haben, auf ihn zu achten.

Er geht, und in seinem Bewußtsein ist, wie er zurückgeht, fast ausgelöscht, daß es noch nicht drei Wochen her sind, wo er dieses Haus betreten und es wieder verlassen.

Nur eine Kälte steigt in ihm auf, wie er sie so noch nie gespürt, und legt sich um sein Herz – dieses nie ganz gesunde Herz – mit einer Hand von Eis.«

Unsere Schritte hatten uns diesmal weitergeführt, über das Ende des Weges hinaus in ein Dickicht, wo die Bäume am höchsten ragten, und unter ihnen die Büsche sich, nicht mehr entwirrbar, um letzte Gräber schlangen, als wollten sie sie vor allen Menschenaugen verbergen. Hier gab es keine Kreuze mehr, und die Steine waren so dicht unter dem grünen Gerank versunken, daß Namen, Zahlen und Inschriften unter ihm erstickten.

Umso mehr fiel mir eine Groß, flach- und doch noch halb freiliegende Platte auf, deren Lettern noch so frisch leuchteten, als seien sie vor noch nicht allzu langer Zeit aufgefrischt worden.

Neugierig geworden, las ich (während die Erzählung neben mir weiterging):

›Sterben ist nur eines Tages Enden ...

Tod und ...‹

Weiter kam ich nicht. Die große Gestalt neben mir hatte sich bereits auf den Weg zurückgewandt.

Ich mußte ihr folgen, wohl zum zwanzigsten Male schon den Weg zurück, und hörte weiter.

»Er besucht natürlich seine Kollegs nicht mehr. Er ist unfähig jeder, auch der kleinsten Arbeit. Er vermeidet jede Berührung mit den Menschen. Er ist außer stand, uns, seinen Kommilitonen und Bekannten, entgegenzutreten. Trifft er dennoch einen von uns auf der Straße, weicht er aus. Ist es nicht mehr möglich, entzieht er sich dem Erstaunten und Befremdeten nach wenigen Worten unter einem nichtssagenden Vorwand – der höflichste aller Menschen wird unhöflich, brüsk und schroff.

Er irrt ziellos umher.

Er geht und geht. Nur wenn er geht, wird er innerlich etwas ruhiger (wie in jener Nacht).

Dieses Gehen durch Straßen, Straßen, immer neue und fremde Straßen, in denen er nie zuvor gewesen ist, von denen er nicht weiß wo sie beginnen, noch wo sie enden, tut ihm wohl.

Er weiß nie, wo er ist. Zuweilen, wenn er fühlt, daß die Füße ihn nicht weitertragen wollen, besteigt er eine vorbeikommende Straßenbahn und läßt sich hinausführen in das Weichbild der großen Stadt. Oder auch zurück, in ihr Inneres.

Verspürt er Hunger, kehrt er irgendwo ein. Aber jeder Bissen wird ihm zur Qual, und oft läßt er unberührt alles stehen, wie an jenem Tage in dem Wirtsgarten am Wasser, um dann weiter und weiter zu gehen, durch Straßen, immer neue Straßen, bevölkerte oder leere, alle ihm fremd und alle sich so entsetzlich gleich, einzig in ihren Namen noch voneinander verschieden.

Er ist immer auf der Flucht. Auf der Flucht von seinen eingebildeten Verfolgern; auf der Flucht vor sich selbst ...

Er geht und geht und weiß nie, wohin er geht.

Ihm ist, als habe er an jenem Abend nicht einen Stoß gegen die Brust, sondern einen Faustschlag auf die Stirn erhalten, der ihn betäubt und jeder Fähigkeit klaren Denkens beraubt hat.

Dabei quält und quält er sich unausgesetzt, sich an dieser Sekunde zu erinnern und das, was in ihr geschah. Er findet nichts. Nichts, was er halten könnte. Nur, daß eine gestalt vor ihm auftauchte, ihn streifte und enteilte ...

So sind seine tage nur doch dazu da, um hingebracht zu werden, damit endlich der Abend kommt, der ersehnte Abend, und mit ihm die Dunkelheit, unter deren Schutz er sich nach Hause schleichen darf, an ihrer Tür vorbei, froh, auch heute nicht von ihr gesehen zu sein (wie er glaubt) ...«

Die Pause, die jetzt in der Erzählung eintrat, währte so ungewöhnlich lange, und die Miene des Erzählers wurde so ernst, daß ich mir sagte: wir kommen jetzt zu einem entscheidenden Punkte.

Nur unwillig schien er weiterzusprechen zu wollen.

»Eines Abends, als er spät sein Zimmer betritt, findet er sie in ihm – wartend ...

– Was diese beiden Menschen dann zusammen gesprochen haben, wer kann es wissen?! – Es läßt sich nur ahnen.

Tränen, Hingabe, Flehen, und – als alles nichts hilft – die versteckte Drohung auf der einen; Entziehen, Abwehr, Zureden – und als letztes ein verzweifeltes Unterliegen auf der anderen Seite.

›Sie bekam, was sie wollte‹, rief er einmal bitter aus: ›mich!‹

Und ein anderes Mal sagte er: ›Ich war ja so feig ... diese letzten acht Tage hatten mich zermürbt ... und es war so heiß ...‹

Sie hatte ihn. Er litt unter diesem ihm auferzwungenen Verhältnis. Nicht aus moralischen Gründen. Er war viel zu kultiviert, um dem Begriff der Moral eine andere, als ethnographische und zeitliche Bedeutung beizulegen, und viel zu geschmackvoll, um sie nicht als eine rein persönliche Angelegenheit zu betrachten, in die ein anständiger Mensch sich nicht zu mischen hatte.

Er litt, weil er da, wo er sich seine Freiheit vorbehielt, selbst zu wählen und zu nehmen, gewählt und genommen wurde.

Und – weil seine Wahl bereits gefallen war ...

Nicht auf dieses junge Weib. Was manchem anderen jungen Menschen als Rettung vor den Gefahren der Straße erschienen wäre und ihm die ersehnte Bude vollends zu einem Paradies gemacht hätte – er empfand diese ›Liebe‹ als eine neue Erniedrigung, und sie zerriß seine Nerven in diesen Tagen der Selbstquälerei bis an die Grenzen des Wahnsinns.

Aber sie hatte ihn. Und daß sie alles tat, was sie konnte, um ihn zu halten, dürfen wir glauben, ohne es zu wissen.

Als es dann einmal so weit war, machte er auch wohl keine besonderen Anstrengungen mehr, um loszukommen. Eine rettungslose Einsamkeit auf der eine; das Gefühl wenigstens jetzt einen Menschen – wer es auch sein mochte – zu haben, mit dem er sprechen konnte (wenn auch natürlich nie von dem sie Verbindenden); auch wohl die in diesen ersten Umarmungen erwachten Sinne – alles das mag es gewesen sein, was ihn immer wieder seine Tür öffnen ließ, wenn er ihre Bitten und Tränen an ihr vernahm.

Aber er litt ...

Vor allem weil seine Wahl gefallen war.

Doch davon erst später ...

Einstweilen zurück zu diesen nächsten Wochen.«

»Aber, werden Sie fragen«, hörte ich nach einer abermaligen, diesmal jedoch nur kurzen Pause neben mir, »aber, werden Sie fragen, weshalb machte er dem allen nicht einfach ein Ende, indem er abreiste, die paar Wochen vor Semesterschluß Wochen sein ließ und nach Hause zu seiner Mutter fuhr? –

›Weil ich nicht konnte!‹ antwortete er mir auf meine Frage (eine der wenigen direkten, die ich noch an ihn stellte).

Er konnte, sagte er, von dieser Stadt nicht fort, ehe das Verbrechen nicht seine Aufklärung gefunden und er befreit war von seinem Alb. Ihm war, als könne er durch sein Bleiben sich selbst gegenüber den Beweis eines Mutes erbringen, den er in Wirklichkeit gar nicht besaß, und zugleich das Seine dazu beitragen, den Mörder zu finden. So bleibt er.

Es gibt nur noch eine Rettung für ihn:

Er will und muß jetzt den Mörder suchen, solange, bis er ihn findet.

Er weiß nichts von ihm. Er weiß nicht wie er aussieht. Aber wenn er ihn wiedersieht, in diesem Augenblick wird er wissen, daß er es ist.

Er ist Überzeugt, daß er noch hier ist, in dieser großen Stadt, in der er sich besser verbergen kann, als an irgend einem anderen Orte der Welt.

So geht er denn wieder und wieder jeden Morgen in der Frühe fort, um erst am Abend heimzukehren.

Jetzt aber irrt er nicht mehr, wie ein Nachtwandler, der nicht sieht und hört, durch die Straßen, sondern er blickt den ihm Begegnenden ins Gesicht, vor allem den jungen. Denn alles, was er in der Erinnerung behalten hat ist: daß es ein junger Mensch war, der an jenen Abend an ihm vorübergestürmt ist ...

Auch die stundenlangen Grübeleien, sich diese eine Sekunde wieder zu vergegenwärtigen, haben sie ihm nicht deutlicher gemacht. Zuweilen glaubt er in ihnen wieder eine Gesicht zu sehen, ein glattes Gesicht mit einem aufgerissenen Mund, der schreien will, eine Stirn mit wirren Haaren ... Aber dann versinkt alles wieder, und nichts bleibt, nicht die kleinste charakteristische Eigenheit, an der er ihn wiedererkennen könnte, sähe er ihn wieder vor sich. Und doch ist er immer wieder felsenfest überzeugt: in dem Augenblick, wo er vor ihm steht, an ihm vorbeigeht, wird er wissen, nein wird er fühlen – der ist es gewesen und kein Anderer! –

So bleibt er in Berlin und sucht, sucht jeden Tag von Morgen bis zum Abend. Aber er sucht nicht mehr auf den Straßen und auf den Plätzen, sitzt nicht mehr, wie so oft bisher an den langen, heißen und staubigen Nachmittagen, auf den Bänken öffentlicher Plätze, inmitten von Frauen und Kindern, die ihn umspielen, um erst weiterzugehen, wenn er die Blicke zu lange auf sich ruhen fühlt, wie auf einem Verdächtigen. Er sucht jetzt mehr das Innere der großen Stadt auf, seine düsteren und schmutzigen Gassen, in denen sich ihr Abschaum drängt und schiebt.

Er will die letzten Schlupfwinkel des Verbrechens aufsuchen, um ihn zu finden, den er sucht. Er hat von einem jener Lokale gelesen oder gehört und ruht nicht, bis er es gefunden. Noch nie hat er ein ähnliches betreten. Er steht erst lange draußen, bevor er sich entschließt, es zu betreten. Er schaudert zurück vor der Wolke von Lärm und Gestank, die ihm bei jedem Offnen der Tür entgegenschlägt. Dann ist er drinnen. Er sieht Gestalten, an deren Wirklichkeit er nicht zu glauben vermag, obwohl er mitten unter ihnen ist;

Gesichter von einer Brutalität und Verkommenheit, daß er sie nicht anzusehen wagt. Er wird angestaunt, mißtrauisch und böse; umdrängt und behelligt. Man fragt ihn, ohne daß er weiß, was man von ihm will. Nur das Eingreifen des Wirtes, der die Polizei fürchtet, rettet ihn vor Tätlichkeiten.

Er ist wieder draußen. Noch einmal – – nein, er kann es nicht. So geht er weiter, durch Straßen, immer neue Straßen. Stunde auf Stunde, solange ihn die Füße noch tragen wollen, besessen allein von der einen Idee ...

Er kommt nach Hause. Es hat ihm früher – schon nennt er es ›früher‹, solange scheint es schon her zu sein – Freude gemacht, sich sein einfaches Abendbrot zusammenzukaufen und auf dem kleinen Tische zu ordnen, bevor er es verzehrt.

Jetzt findet er ihn gedeckt und sie an ihm, auf ihn wartend, wie eine Frau auf ihren Mann wartet, der von der Tagesarbeit kommt. Er setzt sich, ihr gegenüber. Sein Gesicht verzerrt sich – vor Lachen oder vor Grauen? – bei dem Unwahrscheinlichen: Heinz von Solden an einem Tisch in trauter Gemeinschaft mit seiner Wirtin – seiner geliebten! – –

Oh, sie ist hübsch, diese Geliebte, es ist kaum etwas gegen sie zu sagen. Sie ist sauber und jung (wenn auch nicht mehr ganz so jung, wie er). Sie ist nicht etwa aufdringlich. Sie hält es nur für so ganz selbstverständlich daß er jetzt auch mit ihr zusammen ißt. Sie quält ihn nicht mit Fragen. Sie läßt ihn gehen und kommen, wie er es will, läßt ihn auch allein, wenn sie sieht, daß sie heute für ihn unmöglich ist.

Sie sprechen auch zusammen. Sie ist nicht so ungebildet, als daß ein Gespräch nicht zwischen ihnen zustande kommen könnte. Es ist nur immer gleich wieder zu Ende.

Im Grunde ist es ja auch nicht mehr Heinz von Solden der hier mit ihr sitzt, sich von ihr füttern und in die Arme nehmen läßt ... ein Anderer lebt dieses Leben, das kein Leben in Schönheit und Sehnsucht nach Schönheit mehr ist, sondern ein Leben der Selbsterniedrigung und der geheimen Verzweiflung ...«

»Eines Tages«, ging es neben mir weiter, »als er es schon fast aufgegeben hat, den Gesuchten zu finden, und er nur immer wieder von seiner zweck- und ziellosen inneren Unruhe umhergetrieben wird, eines Nachmittags fährt er in einem der um diese Stunde stets überfüllten Züge der Stadtbahn (wohin, weiß er selber nicht) und steht eingerammt in der zusammengepferchten Menge. Früher hätte er das nie ertragen, wäre sobald wie nur möglich aus- oder gar nicht erst eingestiegen. Jetzt läßt er auch das willenlos über sich ergehen, so stumpf ist er bereits gegen äußere Eindrücke geworden.

Aber so stumpf anscheinend doch noch nicht, als daß ihn nicht jenes sonderbare und unheimliche Gefühl überkommen hätte, das uns befällt, wenn wir den Blick eines Anderen, eines Fremden, unverwandt auf uns ruhen fühlen, ohne zu wissen, woher und von wem dieser Blick kommt.

Er versucht sich umzudrehen, aber es gelingt ihm nicht. Man steht zu dicht, Schulter an Schulter.

Erst als der Zug in die nächste Station einfährt und sich die Aussteigenden noch dichter dem Ausgang zudrängen, so daß den Zurückbleibenden etwas mehr Raum gegönnt wird, dreht er sich um und sieht nun, daß es ein junger Mensch ist, der ihn so ansieht, ein junger Mensch, der sich jetzt blitzschnell dem Ausgange zuwendet, als fürchte er, selbst gesehen zu werden. In dem gleichen Augenblick aber weiß Solden auch daß er dieses Gesicht schon einmal gesehen – weiß, wo er es gesehen! ...

Der Zug hält. Er versucht, sich zwischen den Aussteigenden durchzuwinden, um dem Gefundenen näher zu kommen; überhört die groben und unwilligen Ausrufe um sich her; läßt keinen Blick von dem, der ebenfalls nach vorne strebt; verliert ihn aus den Augen; drängt – endlich draußen und auf der Straße – weiter nach; hat ihn – der selbst immer wieder aufgehalten wird – jetzt greifbar dicht vor sich; kann ihn mit einem Satz erreichen; will auf ihn zu, um ihn festzuhalten; sieht schon den Ausdruck der Angst auf dem Gesicht des sich zu ihm Zurückwendenden; und – – bleibt plötzlich wie angewurzelt stehen, während jener in das Gewühl der Straße taucht und in ihm spurlos verschwindet ...

Er ist zurückgeblieben, steht noch eine Minute lang, wie betäubt, auf demselben Fleck, und schleicht sich dann in die nächste der stillen Nebenstraßen.

Dort, den Arm über das Gatter eines Vorgartens gelehnt und das Gesicht auf ihm, steht er, von den wenigen Vorbeikommenden kaum beachtet, lange.

Nur ein Gefühl ist noch in ihm: das einer grenzenlosen Scham über sich selbst! – –

– Am späten Abend, heimkehrend und zum ersten Male nicht ganz nüchtern, verschließt er ihr seine Tür.«

»Auch in den nächsten Tagen, an denen er sich in neuen, langen Kämpfen mit sich selbst zusammenrafft zu dem, was er nun tun muß.

Langsam gelingt es ihm.

Er begreift: es gibt jetzt keine Entschuldigung mehr für ihn.

Auch vor sich selbst nicht mehr.

Denn er kennt jetzt den Mörder.

Er weiß jetzt, wie er aussieht. Er kann ihn beschreiben und seine Beschreibung kann dazu dienen, den Verbrecher aufzufinden und festzunehmen, damit er seine Strafe erleidet: ein junges, volles Gesicht; frische Farben; aufgeworfene Lippen über starken, weißen Zähnen; der Mund groß; die Nase etwas aufgestülpt; dichtes, blondes Haar über einer niedrigen Stirn; und braune Augen – ein nicht einmal unsympathisches, ein hübsches Gesicht ...

Auch den Anzug kann er beschreiben: offenen Hemd über einer gebräunten Brust; schwarzes, oder vielmehr wohl dunkelblaues Jackett; auf dem Kopf eine dieser flachen Mützen, wie sie damals gerade aufkamen, aber nur erst von Schiebern und Zuhältern getragen wurden, während sie heute häßliche Mode geworden sind ...

Zeigte man ihm jetzt sein Bild, er würde ihn auf der Stelle wiedererkennen. Die Konturen eines flüchtigen Schattens, bisher nebelhaft und kaum erkennbar, haben feste Formen angenommen und sich mit greifbarem Leben gefüllt.

Es gibt jetzt keinerlei Entschuldigung mehr für ihn.

Er muß hin und sagen, was er weiß! –«

»– Und wieder vergehen die langen Tage (und die längeren Stunden in ihnen) in der alten, folternden Unentschlossenheit, die ihn in der einen treibt, sich nun endlich auf den Weg zu machen, um ihn in der nächsten, wenn er schon auf ihm ist, wieder zurück zu reißen, wie vor einem Abgrund.

Was soll er sagen, wenn man ihn fragt (und man wird ihn nicht nur dies, sondern unzähliges andere Fragen), was soll er sagen, wenn man von ihm wissen will, weshalb er sich nicht auf den Erkannten gestürzt? – Warum er nicht wenigstens das ›Haltet ihn!‹ – gerufen? – Warum er ihn habe entkommen lassen? – –

Er kann keine Antwort geben.

Weil er es selbst nicht weiß.

Etwas hat ihn im letzten Augenblick zurückgehalten wie mit einem eisernen Griff. Demselben Griff, dessen Druck er jedesmal von Neuem spürt, wenn er entschlossen ist, dieser Quälerei ein ende zu machen, die er nicht länger erträgt.

Er muß hin. Er kann nicht mehr. Er fühlt seine eigene Feigheit wie ein Mal auf seiner Stirn, wenn er fremde Augen auf sich ruhen sieht.

Er ist selbst ein Schuldiger. Mit jedem tag, mit jeder Stunde, in der er noch zögert, wird er mehr und mehr ein Mithelfer des Mörders an dem Kunsthändler Garding – aus einem Unschuldigen ein Schuldiger! –

Heute noch – nein, morgen in aller Frühe, will er hin und sagen, was er weiß! ...«

»Aber, wie der Zufall es will, der in dieser Geschichte Heinz von Soldens so oft und so seltsam seine Rolle spielt, grade an diesem Morgen, als er sich nun wirklich auf den Weg macht und fest entschlossen ist, sich durch keine Erwägung und kein Bedenken mehr von seinem Vorsatz abbringen zu lassen, fällt sein Blick am Zeitungsstand auf eines dieser übel duftenden Revolver-Blätter, wie sie schon damals ihr trauriges Dasein von Klatsch und Erpressung fristeten.

Er, der früher eine Zeitung höchstens durchflogen und ihre Lektüre als einen Raub an seiner Zeit empfunden hätte, liest schon seit

Wochen Zeitungen über Zeitungen, immer in der Hoffnung, die ersehnte Nachricht aus ihnen zu erfahren, die ihn befreit. So ist er hier am Zeitungsstand, nahe seiner Wohnung, ein allmorgendlicher, bekannter Kunde.

Seit Langem schon ist es still um den Fall Garding geworden und er scheint allmählich der Vergessenheit anheim zu fallen.

Heute nun, grade heute, schreit ihm das Schmutzblatt wieder den Namen zu.

Er schlägt es auf, liest, liest weiter, und langsam steigt eine feine Röte in sein Gesicht.

Denn was er liest, besagt: die Kriminal Polizei verfolge in der Affäre Garding seit kurzem eine neue Spur, die in ›gewisse Kreise‹ von jungen Leuten führe, zu denen der ermordete, wie jetzt bekannt würde, Beziehungen gepflogen habe, eine Spur, die nun endlich wohl mit Sicherheit zu der Ergreifung des schon so lange vergeblich gesuchten Täters führen dürfe ...

›In gewisse Kreise‹ – ›von jungen Leuten‹ ... was bedeutete das? – Was konnte das anders bedeuten, als ...

Solden läßt das Blatt sinken, zerknüllt es unwillkürlich, glättet es wieder, steckt es ein, und – kehrt um.

Denn deutlich steht vor seinen Augen, was man ihn fragen wird, wenn er jetzt hingeht! – Selbst wenn man ihn nicht in Beziehung zu diesen ›gewissen Kreisen‹ bringen kann und wird – man wird Fragen an ihn stellen, Fragen, von denen er es einfach nicht erträgt, daß man sie an ihn stellt.

Er, eben noch bereit, jede einzelne wahrheitsgetreu zu beantworten, weiß jetzt, daß es Fragen gibt die er nicht duldet, die er nicht dulden darf! – –

Er wird nicht hingehen! – –«

Es war nicht mehr der Dichter, sondern der Lehrer und Erzieher seines Volkes zu freieren und gerechteren Anschauungen – denn als Dichter glaubte er beides sein zu müssen –, welcher jetzt mahnend sagte:

»Bedenken wir, daß man damals über diese Frage noch ganz anders dachte und urteilte wie heute – richtiger gesagt, daß man damals überhaupt nicht urteilte, sondern schlankweg verurteilte.

Was man heute offen ausspricht, wagte man in jenen Tagen kaum erst sich zuzuflüstern.

Was man heute mit Namen nennt (und anfängt zu begreifen, wenn auch nicht zu verstehen), überließ man einer durch keine Erkenntnis getrübten Phantasie, und welche Schlüsse, welche unnennbaren Schlüsse da gezogen wurden, läßt sich denken.

Kurzum: unser Freund befand sich in einer ganz neuen, noch weit schwierigeren Lage als bisher, einer Lage aus der er keinen anderen Ausweg fand, als weiter zu schweigen und abzuwarten, was die nächsten Tage und Wochen bringen würden.«

Wieder einmal waren wir an der nördlichen Mauer des Friedhofs angelangt und wieder waren wir unbewußt weitergegangen, als der Weg uns erlaubte.

Ich stand wieder vor dem halbversunkenen Stein unter der mächtigen Trauerweide mit seiner noch lesbaren Inschrift, und diesmal wollte ich zu Ende lesen, was ich vorhin begonnen zu entziffern.

Aber er schien mein Vorhaben diesmal bemerkt zu haben, denn mit der Hast, die ihm eigen war, als könne ihm etwas entgehen, und sei es auch nur eine gleichgültige Beobachtung, trat er dichter zu mir heran, beugte sich vor und las selbst:

›Sterben ist nur eines Tages Enden,

Tod und Schlaf der niemals Wachgewesenen.

Niemals stirbt, wer einmal wach gelebt.‹

Um diese letzte Zeile lesen zu können, hatte er mit dem Fuß die Ranken entfernen müssen, die sie verdeckten.

›Niemals stirbt, wer einmal wach gelebt‹ ... weiderholte er, sichtlich betroffen.

– Es war lange still neben mir, als wir schon wieder auf dem alten Wege waren, nur um ihn immer wieder von Neuem zurückzulegen.

Dann setzte seine Stimme wieder ein. Aber sie klang anders als vorher.

»Nun sind viele Stunden erfüllt mit dem qualvollen Bemühen, sich jede Einzelheit seiner kurzen Bekanntschaft mit diesem Garding wieder zu rekonstruieren. Jede.

Er grübelt und grübelt – und findet keine Erklärung. Er findet nicht, was er jetzt sucht.

Nichts, aber auch nichts weist darauf hin, daß das Interesse dieses Mannes an ihm über das wissenschaftliche Interesse eines Älteren an den Bestrebungen eines Jüngeren auf gleichverwandtem Gebiete hinausgegangen wäre. Nichts, daß es nicht einer Sache, sondern seiner Person gegolten habe ...

Kein Wort ist gefallen, das ein anderes Gebiet auch nur berührt hätte.

Es war fast nur von Piranesi die Rede gewesen und seinem Werk.

Keine irgendwie persönlichen Fragen waren gestellt würden (Fragen, die doch nur natürlich gewesen wären), weder solche nach seinen Verhältnissen, noch nach seinen Neigungen und Hoffnungen. Nicht um einen Zoll war er ihm nähergetreten, als dies beim gemeinsamen Wenden der Blätter nötig war. Ja, es war ihm ganz besonders aufgefallen, daß er – bei dem ersten Besuch und beim Auseinandergehen an der hinteren Gartenpforte – es offensichtlich vermieden, ihm die Hand zu geben, und ihm nur durch ihr Erheben die Richtung gewiesen, in der er die Sackgasse hinunter zu gehen hatte, bevor er sich mit einem freundlich-gleichmütigen Kopfnicken zurückgezogen.

Nichts! – Nichts ...

Aber dann wieder: der große Kunsthändler bedient ihn beim ersten Betreten seines Ladens persönlich; läßt sich mit ihm in ein Gespräch ein; lädt ihn zu sich; opfert ihm eine seiner gewiß doch kostbaren Abendstunden; bittet ihn wiederzukommen; schreibt ihm; und überläßt ihm unter dem Vorgeben, es seien billige Drucke (längst hat Solden sie als tadellos und sehr wertvoll erkannt) zwei Blätter zu einem Preise, der in keinem Verhältnis zu ihrem wahren Werte steht – ist das Alles nur geschehen, um einem jungen Menschen, dessen Begeisterung ebenso unbegrenzt ist, wie seine Mittel beschränkt, eine Freude zu machen, ohne seinen Stolz zu verletzen? –

Solden grübelt und grübelt, und immer wieder steigt die leise Röte in seine Wangen ...«

»Er wird nicht hingehen. Er wird nichts von dem sagen, was er weiß.

Er hat nicht mit dieser Sache zu tun. Er ist durch einen grausamen Zufall, unter dem er bereits genug und übergenug gelitten, in sie hineingeraten. Es ist nicht seine Aufgabe, den Mörder zu finden, sondern die Aufgabe der Polizei. Er hat keinen Grund, die Arbeit dieser Polizei zu tun, die in seinen Augen nichts als eine Belästigung, ein Verkehrshindernis, eines dieser Übel mehr ist, um uns das Leben unnötig zu erschweren. Nicht den geringsten Grund. Und was geht es ihn an, was zwischen diesem Garding und seinem Mörder vorgegangen ist? – Er hat auch mit diesen Dingen nichts zu tun, die er nicht versteht und nicht verstehen will! –«

»Er geht kaum mehr aus, außer zum Essen, das er nicht mehr an den früheren Orten und in froher Gesellschaft – und auch nicht mehr mit ihr – zu sich nimmt, sondern an abgelegenen Gaststätten, die er ständig wechselt.

Er will wieder arbeiten.

Er will vergessen, was geschehen ist. All' dies so ganz vergessen, als sei es nie gewesen.

Und wenn er vergessen hat, wird er sein früheres, glückliches und sorgloses Leben wieder aufnehmen; sich bei seinen Bekannten mit Krankheit (oder irgendwie sonst) entschuldigen und wieder unter ihnen weilen; seine Vorlesungen wieder besuchen, als seien sie nie unterbrochen – es sind immerhin noch zwei, drei Wochen bis zum Semesterschluß (auch abtestieren muß er sie lassen); es wird – – es wird alles wieder gut werden ... Ein Traum hat ihn genarrt, ein wüster Traum ...

Er wird vor allem wieder zu arbeiten anfangen.

Als wenn das so leicht wäre! –

Er rafft sich zusammen. Er sitzt Stunde auf Stunde an seinem großen Schreibtisch, Bücher aufgeschlagen vor sich, in denen er nicht liest, die Stirn in die Hände gestützt ... Aber die Gedanken wollen nicht standhalten. Sie fliehen. Sie schweifen ab. Sie wandern zurück. Dorthin ... immer wieder dorthin ...

Er wartet. Worauf wartet er? – –

Er kann nicht arbeiten. Er kann nicht mehr arbeiten.

Wird er es je wieder können? – So, wie bisher nie mehr. Er täuscht sich nicht darüber. Denn Etwas in ihm ist zerstört auf immer! –

Er sitzt da, die Stirn in die Hände gestützt.

Er wartet ... – Auf was wartet er noch? – –«

»Die einzige Arbeit, zu der er sich noch zwingen kann, sind die wöchentlichen Briefe an seine Mutter.

Denn sie sind eine Arbeit! – Eine Arbeit, die immer schwerer wird, je weniger er weiß, was er ihr sagen soll.

Was soll er ihr sagen? – Die halbe Wahrheit könnte er ihr vielleicht noch schreiben. Die ganze heute nicht mehr. Es gibt Dinge, die man seiner Mutter nicht sagt.

Aber sie müssen geschrieben werden, diese Briefe, denn sonst bricht alles zusammen. Sonst ist Alles aus und nichts bindet ihn mehr an dieses Leben ... an dieses kaum mehr ertragbare Leben! –

So rafft er sich denn auf und schreibt mit zusammengebissenen Zähnen, lügt und lügt in jedem Wort, und geht auch durch diese Qual, die größte von allen Qualen dieser Wochen ...«

Mein Begleiter schwieg einige Minuten wie erschöpft und als müsse er sich zurechtfinden in seinen eigenen Worten.

Von jenseits der Mauer klang in das Schweigen hinein das jubelnde Rufen der spielenden Kinder.

Es schien ihn daran zu erinnern, wo wir waren und wovon wir sprachen, denn er fuhr fort.

»Er sitzt an seinem Schreibtisch, den heißen und müden Kopf in die Hände gestützt. Und drüben sitzt sie, auf ihrem Zimmer, vielleicht nicht minder verzweifelt als er. Sie, der er seine Tür verschließt, um sie doch immer wieder zu öffnen, wenn er ihre Stimme hört, zu lange und zu – deutlich. Denn jetzt muß sie sehr deutlich werden um zu ihm zu gelangen. So werden aus den Bitten denn Drohungen. Drohungen, hervorgezischt in der wahnsinnigen Angst, ihn zu verlieren. Bald sind sie offen und bald versteckt, diese Drohungen, und während er ihnen erliegt, merkt er, daß sie ihn für den Täter hält, den sie retten muß vor sich und vor Anderen, und daß nichts sie von diesem Glauben abzubringen imstande sein wird, nichts, auch wenn er ihr sagt, wie alles in Wirklichkeit gewesen ist.

Er sagt es nicht. Nie hat er daran gedacht, es ihr zu sagen. Er weiß, was sie auch heute darauf antworten würde: ›... und wenn du es bist, ich liebe dich trotzdem ... liebe dich nur umso mehr ...‹

Er wird schweigen auch hier.

Er wartet und wartet. Worauf?

Etwas in ihm ist zerbrochen, das sich nie mehr heilen läßt.

Die Tage gehen und gehen.«

»Dann gibt er es auf, so dazusitzen und sich vergeblich zu vermartern.

Er kann ja doch nicht arbeiten.

Er geht wieder hinaus, um sich abzulenken und zu betäuben.

Er geht wieder durch die Straßen, aber gleichgültig jetzt und ohne sich umzusehen.

Er sitzt in den Cafés herum, vor Zeitungen, die er nicht liest.

Er geht auch wieder in die Museen, in die geliebten und vertrauten Säle, aber er erkennt nicht wieder, was er sieht.

Es ist furchtbar, ganz furchtbar, sagt er sich. Er fühlt die Tränen in sich aufsteigen und eilt hinaus.

Er weiß nicht mehr, wohin er soll.

Nur nach Hause will er nicht. Er kann es nicht. Denn er hat jetzt Angst vor ihr, Angst und ein Grauen, das täglich größer wird.

Die Tage gehen und gehen.«

Der Redende blieb stehen, und ich mit ihm.

Der Blick seiner so merkwürdig tief liegenden Augen (etwas müder, wie überarbeiteter Augen) ging über die weiten Reihen der alten Gräber hinweg und hinauf zu dem blaßgrauen Himmel, bevor er nach einem Aufatmen weiter sprach, weiter und schneller, als freue er sich, daß es nunmehr dem Ende zuging.

»Die Tage gehen und gehen ...

Bis dann, genau zwei vor Semesterschluß, der kommt, an dem die Morgenzeitungen in denselben großen Lettern, mit denen sie vor acht Wochen die Ermordung des Kunsthändlers Garding in die Welt hinaus geschrien, jetzt die Nachricht von der Ergreifung seines Mörders bringen.

Heinz von Solden liest, sowie er das Haus verlassen hat (und ohne ›sie‹ gesehen zu haben, denn sie ist schon vor ihm fort), die fettgedruckte Überschrift und – nicht weiter! –

Was – werden Sie es glauben? – an diesem Vormittag ganz Berlin verschlang, was wir alle, die Unbeteiligten, mit mehr oder minder großem Interesse lasen (denn der Fall Garding war doch wohl nicht so vergessen, wie es geschienen, und lebte mit einem Schlage wieder auf); was keinen ganz gleichgültig ließ – er, er allein las nichts von dem, was unter dieser Überschrift stand.

So unglaublich es klingen mag; erst ein Vierteljahrhundert später, erst durch mich, erfuhr er das Nähere über die Ergreifung, die Verurteilung und Bestrafung des Täters! –

Nämlich dies: daß dieser in der Tat ein noch ganz junger Mensch war und aus jenen ›gewissen Kreisen‹ stammte, in denen Garding ein zweites Leben führte; daß dieser junge Mensch doch wohl zu seinem Opfer in Beziehungen gestanden haben mußte, die, wie man damals noch zu sagen pflegte, ›das Licht der Öffentlichkeit zu scheuen hatten‹; daß die Tat selbst aber wohl eher einem Anfall von Wut über eine abgewiesene und mißlungene Erpressung, als dem wohlüberlegten Plane einer Beraubung entsprungen war; und daß, wenn es dann nicht doch noch zu einer solchen nachträglichen Beraubung kam, dies nur dem Umstand zu verdanken war, daß der Mörder gleich nach seiner Tat durch ein lautes Klingeln (eben das Klingeln Soldens) aufgescheucht worden war, und dann nur noch daran dachte, sich selbst in Sicherheit zu bringen ...

Jedenfalls nahmen die Richter keinen Raubmord an und erkannten nur auf Totschlag, und der Täter kam um so glimpflicher davon, als es ihm gelang, sich auf die verführte Unschuld hinauszuspielen.«

»Von allem diesem liest der am meisten Interessierte auch nicht ein Wort.

Weshalb nicht? – Er gab mir keine Erklärung ab. Er hatte keine, wie er sagte.

Sein Verhalten an diesem Morgen gehört mit zu dem Rätselhaftesten in dieser an Rätseln so reichen Geschichte und läßt sich nur so verstehen: daß sie in dem Augenblick für ihn endete, in welchem er erfuhr, daß er nun für sich nichts mehr zu befürchten hatte, von keinem Menschen und von keiner Seite mehr, daß sie, diese Geschichte, also für ihn erledigt und damit nicht mehr da war.

Es war genug der Qualen dieser acht Wochen. Fortan wollte er durch nichts, in keiner Weise mehr, an sie erinnert werden. Er strich sie aus seinem Leben. Er wollte sie vergessen, indem er mit keinem Gedanken mehr an sie dachte. So liest er denn nicht nur die Zeitungen dieses Tages nicht, sondern rührt von da an und Jahre hinaus keine Zeitung mehr an.«

»Was er vielmehr an diesem Morgen tut, ist dies:

Kaum daß der Sinn der fetten Lettern den Weg in sein Bewußtsein gesunken hat, als er umkehrt und das eben verlassene Haus wieder betritt.

Oben, in seinem Zimmer, beginnt er in fieberhafter Eile zusammenzuraffen, was ihm gehört und zu packen.

Er ist fertig, als sie von ihrem morgendlichen Einkaufsgang zurückkehrt.

Natürlich hat auch sie die große Neuigkeit vernommen. Sieht sie jetzt ein, wie sehr und wie furchtbar sie sich in ihm geirrt hat? – Jedenfalls muß sie begriffen haben: ihr Spiel ist aus und sie hat ihn, mit ihrer Macht über ihn, endgültig verloren. Es ist alles zu Ende.

Erkennt sie es dennoch nicht, sieht sie es jetzt: seine Koffer stehen gepackt; auf dem Tisch liegt, was er ihr noch schuldet; und er geht an ihr vorüber und hinaus, als habe er sie nie gesehen.«

»Als der Dienstmann, den er vom Bahnhof aus um seine Sachen geschickt hat, zurückkehrt, bringt er ihm mit ihnen ein kleinen Paket und einen Brief. Das Paket enthält die ›Beweisstücke‹: ein getragenes Hemd und eine zerknitterte Postkarte.

Den Brief sendet er ihr durch denselben Boten uneröffnet zurück.

Er will nach Hause, seinem wirklichen ›zu Hause‹. Zu seiner Mutter. Aber als sein Blick zufällig in den großen Spiegel des Wartesaales fällt und er sich in ihm sieht, kommt ihm zum Bewußtsein, daß er so seiner Mutter nicht unter die Augen treten kann.«

»Er verbringt einige Tage an einem ruhigen, abseits gelegenen Ort auf der Strecke, den er von früher her flüchtig kennt und erklärt sein verspätetes Kommen mit der Einladung eines seiner Kommilitonen auf dessen väterliches Gut.

Er schläft viel, auch am Tage, in einer krankhaften Erschöpfung und wenn er mit Menschen spricht, sind es allein die Kinder des Gasthofsbesitzers. Er wird von allen wie ein Kranker behandelt und er ist es.

Er denkt kaum mehr an das Vergangene. Er will es nicht. Aber er denkt auch nicht an das, was nun werden soll.

Er dämmert die Tage so hin.

Er hat einen Stoß empfangen, nicht nur wie an jenem Abend gegen die Brust und von einem jungen Menschen seines Alters, sondern von der Faust des Schicksals und mitten in die Stirn. Der Schlag hat ihn zu Boden geworfen, und er versucht eben erst, sich zu erheben.

Er verläßt selten den Bezirk des Hauses, dessen einziger Gast er ist.

Einmal nur geht er in den nahen Wald und vernichtet den Inhalt eines kleinen Paketes, das er noch nicht wieder geöffnet hat, seit dem Morgen, an dem es ihm gebracht wurde. Auch das tut er ganz mechanisch, ohne mit einem anderen Gedanken dabei zu sein als dem, daß es getan werden muß.

Es sind schöne Sommertage, nicht mehr so heiß, sondern lind und still, diese ersten im Juli, in dem stillen Gasthaus am Waldrand.«

»Als er nach acht Tagen weiterreist, haben sich seine Nerven etwas beruhigt. Sie zucken nicht mehr auf unter jeder leisen Berührung der Gedanken, die langsam wiederkehren, und auch seine Blicke sind nicht mehr so unstät, wie die eines Verfolgten und Gehetzten.

Dennoch erschrickt seine Mutter so, als sie ihn sieht, daß sie ihn bald weiterschickt, auf längere Reise. Sie weiß nicht, was sie denken soll und schiebt die Veränderung in seinem Wesen und Aussehen der Überarbeitung und den schädlichen Einflüssen der großen Stadt zu.

Seine Briefe haben sie längst beunruhigt. Aber sie quält ihn nicht mit Fragen. Das ist unter diesen Menschen von hoher Kultur nicht Sitte. Sie hat es nicht getan, als er noch ein Kind war ... (und wohl deshalb war seine Kindheit so schön) ... Sie tut es auch jetzt nicht.

Er wird ihr von selber sagen, was er ihr zu sagen hat, wenn seine Zeit gekommen ist. Oder er wird schweigen, weil er Gründe hat zu schweigen, und sie wird es erdulden müssen.

– Sie mußte es. Denn wie zu keinem anderen Menschen hat er auch zu ihr nie mit einem Wort von diesen Wochen und ihrem Erlebnis gesprochen. Auch mir gegenüber erst, als wir Freunde geworden waren – und erst nach fünfundzwanzig Jahren.

Dann war es, – ich sagte es schon – als wolle und müsse er sich nun endgültig befreien von einer Last, die ihn zwar nicht mehr zu Boden drücken konnte und die er wohl auch kaum mehr spürte, die sich aber doch von Zeit zu Zeit auf ihn legen wollte, wie ein wüster und schwerer Traum – einst, in seiner Jugend geträumt, und in einer schwülen Sommernacht ...

– Und wenn ich es war, dem er sich dann anvertraute, so wohl hauptsächlich deshalb, weil er durch mich und meine ständige Gegenwart immer von Neuem an jene Tage erinnert wurde.«

Wir hatten uns unwillkürlich, nun die Erzählung zu Ende ging, wieder dem neuen Teile des Friedhofes und seinen frischen Gräbern zugewandt.

Ich hatte mir von allem Anfang an vorgenommen, das, was ich hören sollte, mit keinem Worte zu unterbrechen und meinerseits keine Fragen zu stellen. Als aber das Schweigen neben mir anhielt und unerträglich zu werden drohte, und auch, um nur etwas zu sagen (während ich doch eigentlich nichts zu sagen wußte, denn von der öffentlichen Beurteilung hat ein Fall wie der Heinz von Soldens wenig oder gar kein Interesse zu erwarten und wird von ihr mit einem Achselzucken und einem Worte wie Schwächling abgetan; die aber, die sich seiner Person noch erinnern konnten und wollten, hatten sich, wie ich wußte, längst ihr eigenes Urteil gebildet, (allerdings ohne dieses Urteil auf irgendwelche Gründe und Tatsachen stützen zu können) – um also auch meinerseits etwas zu sagen, muß ich wohl ein ähnliches Wort wie das genannte gebraucht haben, denn ich sah mich sofort wieder unter den Blick dieser Augen gestellt und in den Strom neuer Worte gezogen.

Ein Unterton des Vorwurfs klang in ihnen zunächst durch – über meine wohl als ungehörig anmutende und sicherlich recht überflüssige Einmischung.

»Schwächling? – Wie man es nehmen will ... Für mich war mein Freund kein Schwächling.

Schwächling? – Sie meinen, weil er nicht gleich fertig wurde mit einer dieser Zufälligkeiten des Lebens, wie sie uns tagtäglich vorbehalten sind und – wenn auch in dieser brutalen Art selten – schließlich jedem von uns begegnen können, so daß wir jederzeit gerüstet und bereit sein müssen ... Sie meinen, weil er nicht fertig wurde mit seinem speziellen Fall und nicht fertig mit diesem hysterischen Frauenzimmer, das sich ihm an den Hals warf und ihn nicht mehr los ließ (was übrigens, nebenbei gesagt, nicht immer so ganz leicht ist)? –

Nein, er war *kein* Schwächling.

Denn in Wirklichkeit lagen die Dinge bei ihm so:

Das Leben hatte sich plötzlich, wie aus einem Hinterhalt, auf ihn gestürzt und ihn zu einem Zweikampf herausgefordert. Es war ein unfairer Kampf. Denn dieses selbe Leben hatte ihn in keiner Weise mit den Waffen ausgerüstet, die nötig waren, um in ihm siegen zu können, weder mit der nötigen Robustizität der Nerven, noch mit der bewußten Elefantenhaut. Nobel bis in die letzte Ader tat er das Einzige, was ihm zu tun unter solchen Umständen übrig blieb: er gab sich von vornherein überwunden. Er verließ den Kampfplatz – und betrat ihn hinfort nicht mehr. Was anders sollte und konnte er tun? – –

Nein, er war kein Schwächling. Er war mutig, mutig und klug. Er besaß einen höheren Mut.

Den nämlich: sich zu seinem Ich – dem Ich, wie es nun einmal war – zu bekennen. Den Mut, fortzulaufen, statt stehen zu bleiben und sich abschlachten zu lassen.

Denn was beweist höheren Mut, als seiner Natur, nachdem man sie, ihre Art und ihre Eigenheit, erkannt hat, zu folgen: nicht mehr über ihre Grenzen hinaus zu wollen, sondern sich unter ihre Gesetze zu beugen, in Demut und Entschlossenheit, um so fertig werden zu können mit den Zufallsknüppeln, die dieses gefährliche und bedenkenlose Leben uns fortwährend zwischen die Beine zu werfen geruht? –

Er besaß diesen Mut, der den anderen – und höchsten – in sich schließt, den: sich dem Urteil der anderen zu entziehen, indem man es nicht anerkennt, und sein eigenes Leben lebt«

Ich muß gestehen, daß ich überrascht wurde durch die Wendung, die die Erzählung von Heinz von Solden und seinem Erlebnis nahm.

Warum verteidigte er ihn so, wo er doch gar nicht angegriffen war? – dachte ich.

Ich äußerte zwar nichts, aber ich war noch mehr erstaunt, als er sich zu mir neigte und eindringlich fortfuhr:

»Verstehen Sie denn nicht – sein *Wille* zum Leben – und wenn Einer, hat *er* ihn einmal besessen, diesen Willen zum Leben – war gebrochen. Ohne Willen aber« – der große Dichter, der zukünftige Träger des Nobelpreises, der mit so unbeugsamer Energie den Zielen *seines* Lebens: Erfolg und Ruhm, zustrebte, dehnte seine mächtigen Schultern und es war ihm wohl anzusehen, daß es ihm an diesem Willen *nicht* mangelte, endete: »ohne Willen aber, wie konnte er fernerhin anders leben? – –«

Ich muß doch wohl nicht alles, was er mir gesagt, recht verstanden und das auch irgendwie gezeigt haben, denn er fügte – noch dichter zu mir hingeneigt und jetzt in gedämpftem Tone, als befürchte er gehört zu werden, obwohl weit und breit keine Menschenseele zwischen den Gräbern zu sehen war, die uns hätte hören und belauschen können – noch hinzu:

»Der wahre und eigentliche Grund (und Sie sollen ihn wissen, nachdem Sie alles andere gehört) war der: er war getroffen – im Grunde seines Wesens und tödlich getroffen ...«

Er zögerte einen Augenblick.

»... in seiner Liebe! ... Wie ich schon sagte: seine Wahl war bereits gefallen, als das Leben ihn zur Entscheidung zwang« ...

Denn, wie nebenhin:

»Sie haben sie übrigens eben gesehen ...«

Ich wußte jetzt in der Tat nicht, was er meinte. Die einzige Frau bei dem Begräbnis vorhin war Frau Professor Rudorff gewesen, die Frau des weltberühmten Chirurgen. Ich erwähnte es.

»Nun ja«, antwortete er, wie ungeduldig, »als Mädchen Elise Frobenius. Ich stehe gewiß nicht in dem Verdacht, ein Lobpreiser der Ehe zu sein. Aber wenn je von zwei Menschen prophezeit werden durfte, daß sie glücklich zusammen werden würden, waren es die beiden, so sehr paßten sie in ihren Neigungen und Lebensgewohnheiten (dem Wichtigsten in jeder Ehe) zueinander ...

Sie liebten sich, ohne sich es je gesagt zu haben. Sie wußten, daß sie sich liebten.

Sie trafen sich damals wöchentlich regelmäßig zweimal, wenn er sie von irgend einer Stunde abholte, die sie außer dem Hause nahm. Er begleitete sie, und sie machten zuweilen noch einen Gang durch den Park. Als das Ereignis ihn traf, blieb er fort in den ersten Tagen, weil es ihn zu sehr außer aller Fassung gebracht und er erst ruhiger werden wollte; dann, weil er glaubte, ihr nicht mehr unter die Augen treten zu dürfen ...

Sie sahen sich nicht mehr.

– Über alles wäre er vielleicht doch noch hinweggekommen – *hierüber* – wie er sagte – kam er nicht weg! – –

Wenn er in helleren Stunden sich bewußt wurde, *was* er ihr angetan ... sich klar machte, was sie von ihm denken mußte ... daß er so fortgeblieben ... ohne ein Wort ... feig und ohne jeden Grund (in ihren Augen) ... wenn er an die tödliche Beleidigung dachte, die er ihr damit zugefügt – ihr, die er liebte – glaubte er wahnsinnig werden zu müssen und sein Leben nicht länger ertragen zu können ...«

Er schwieg, und diesmal war sein schweigen anscheinend ein endgültiges.

Ich stand unter dem Bann seiner letzten Worte.

Frau Professor Rudorff! –

Ja, zu ihm, Heinz von Solden, hätte sie gewiß besser gepaßt, als zu dem großen, weltberühmten, aber etwas grobschlächtigen Chirurgen, dessen geistige Interessen wohl nur selten über seinen Beruf hinaus und in die Regionen der Kunst gingen.

Ich sah Soldens Wandlung jetzt in einem anderen Lichte und verstand, daß ein Verrat, wie der von ihm begangene, eine Verrat an seiner Liebe, einen Mann wohl so biegen kann, daß er sich zu seiner vollen Größe nicht mehr aufzurichten vermag, begriff es besser, als seinen so völligen Zusammenbruch unter einem scheußlichen, aber immerhin doch überstehbaren Ereignis, so tiefe Spuren ein solches auch in einer empfindsamen Seele auf lange zu hinterlassen vermag.

Aber es war ja, wie ich ebenfalls in diesen letzten Stunden gehört, gar kein Zusammenbruch gewesen, sondern nur eine Willenslähmung, und sodann vielmehr ein Zurechtfinden zu sich selbst, eine Entdeckung seiner wahren Natur, ihrer Grenzen und Forderungen, und was sonst noch alles! ... Also eigentlich ein glücklicher Zufall ... Was wollte er also, unser einstiger Freund, mehr von seinem Schicksal! –

Die Geschichte Heinz von Soldens schien zu Ende zu sein und wohl nur, um ihr noch einen äußerlichen Abschluß zu geben (wie ihn jede ordentliche Geschichte haben muß), fügte der Verfasser der »Familie Hindhausen«, der sie – mir oder sich? – in diesen Stunden geformt, ihr noch dies hinzu:

»Zwanzig Jahre, teils auf langen Reisen, im Süden, in Griechenland, in Italien, der Heimat seiner Kunst, teils wieder auf Universitäten, als Hörer erst, dann als Lehrender (und die meisten von diesen mit seiner Mutter zusammen, bevor er sie verlor), verbracht, sollten vergehen, ehe er dem ehrenvollen Rufe einer Professur hierher folgte.

Es hatte erst geschienen, als wolle er den Schauplatz auf immer meiden, von dem ihn ein zufälliges Ereignis vertrieben, das sein Leben so brutal durchschnitten, denn er zögerte lange, ob er die Berufung annehmen sollte oder nicht. Wenn er es dann doch tat, geschah es wohl, weil er überzeugt war, kaum einen von uns mehr hier zu finden, überzeugt auch, vergessen zu sein, wie er selbst vergessen hatte ...

Wie er dann diese letzten zehn Jahre, die ihm zu leben noch beschieden waren, gelebt, wissen Sie wohl so gut wie ich: völlig zurückgezogen; in der Öffentlichkeit nur sichtbar, wenn es bei seiner Stellung durchaus nicht anders ging; in seinem Lehramt sehr tüchtig, ungemein gewissenhaft, verehrt, wenn auch wohl nicht geliebt von seinen Schülern (er beschränkte den Verkehr mit ihnen streng auf den Hörsaal); und ohne eine Spur der Begeisterung mehr, die ihn in seiner Jugend durchlodert, und mit der er uns alle ansteckte und hinriß.

Sie, die er einst geliebt und verlassen längst verheiratet und Mutter heranwachsender Kinder, traf er wohl nur ganz selten und nur bei offiziellen Gelegenheiten. Sie werden dann immer wohl nur wenige Worte miteinander gewechselt und mit ihnen an die Vergangenheit nie gerührt haben ...«

Das Schweigen neben mir sagte mir, daß ich gehört hatte, was mir zu hören gestimmt war.

Aber ich wollte und mußte noch Eines wissen, bevor wir auseinander gingen und die letzte Gelegenheit verpaßt war. Denn ich würde kaum jemals mehr so allein und so ungestört mit ihm zusammen sein, wie heute.

Von allem, was ich in diesen Stunden – überrascht, interessiert, wenn auch nicht erschüttert – vernommen, hatte nichts auf mich einen solchen Eindruck gemacht, wie die Worte, die Solden zu seinem großen Freunde gesprochen: ›... Ich bin glücklich gewesen bisher, jeden Tag und jede Stunde ...‹ um dann so siegesgewiß hinzuzufügen: ›... und will und werde es bleiben bis an mein Ende ...‹

Denn wie stark hatten sie mich nicht an jene anderen, mit denen er mich einst bei einem gelegentlichen Besuch auf seinen Balkon gezogen, um mir sein Reich zu zeigen, erinnert, die: ›... Ich bin eben ein Glückspilz ...‹ an seine helle Stimme, sein übermütiges Lachen, seine strahlenden Augen! ...

Er hatte doch wohl schon damals vom Leben, das jedem von uns nur ein bescheidenes Maß von Glück – und den meisten ein – ach! wie bescheidenes! – zumißt, einen allzu großen Vorschuß genommen, als daß er diesen Vorschuß hätte zurückzahlen können und so die Götter neidisch gemacht (deren einem er so sehr glich) ...

›Jeden Tag und jede Stunde ...‹, das sagt nur die Jugend ... kann nur die Jugend sagen ... Das sagt keiner mehr, der – älter geworden – das Leben und – die Menschen kennen gelernt hat, und wie immer sich auch das Leben Heinz von Soldens fortentwickelt hätte, ohne diesen inneren Bruch, hinauf zu Ruhm und Größe – auch auf seinen Lippen wären solche vermessenen Worte gar bald verstummt.

Denn wer weiß dann nicht, daß das, was wir Glück nennen, gebunden ist an flüchtige Augenblicke, nach denen es wieder versinken muß in den Abgrund von Leiden und Sorgen, von Zweifeln und Ängsten, von Stumpfsinn und Gewohnheit, der Leben heißt! –

Gebunden an Augenblicke – solche, in denen der Liebende glaubt, zu lieben und geliebt zu werden (um sich dann getäuscht zu sehen); der Schaffende wähnt, sein Werk sei geglückt (um alsbald das Gegenteil zu hören); der Feldherr die Schlacht gewinnt (und den Feldzug verliert) ...

So hätte gewiß auch unseren Freund das Leben bitter enttäuscht während ihn so nicht mehr zu enttäuschen vermochte, weil er die ungleichen Waffen gestreckt hatte.

Vielleicht hätten seine Kräfte doch nicht gereicht, sein Lebenswerk, das große über Piranesi, zu Ende zu führen oder es wäre nicht das geworden, was er sich mit ihm der Welt und uns versprochen. Vielleicht wäre seiner Liebe doch nicht die glückliche Ehe beschieden gewesen, an die zu glauben er sich vermaß, oder sie wäre das geworden, was die meisten Ehen sind. Vielleicht ...

Aber ich wollte nicht vermuten, sondern wissen. So nahm ich denn meinen Mut zusammen und fragte.

Die Antwort erfolgte nicht gleich.

Dann kam sie, unwillig und fast böse.

»Unglücklich! – Nein, er war es nicht. Er hatte doch immerhin noch manches, was andere nicht haben: einen Wirkungskreis, in dem er sich nach seinen Neigungen betätigen konnte, äußere Unabhängigkeit – denn er war vermögend –, die ihm Reisen, weite Reisen erlaubte, auf denen er sich die schönen Dinge erstehen konnte, mit denen er sein behagliches Heim schmückte; und er ...«

Hier schwieg er, aber ich hätte darauf wetten mögen, daß er fortfahren wollte:

›... hatte mich!‹ ... Aber es wurde nicht ausgesprochen.

Er wiederholte nur nochmals, aber jetzt zögernd, als sei er selbst doch nicht so ganz sicher:

»Unglücklich? – Nein, er war es nicht ... Aber wozu das alles! – Glücklich oder nicht glücklich – er hatte sich besonnen auf die Grenzen seiner Natur und lebte in ihnen ...«

– Wir waren da angelangt, von wo wir vor Stunden unseren Ausgang genommen.

Schon schimmerte es von gelbem Sande von dem inzwischen aufgeschütteten Grabe durch die grünen Reihen der vielen anderen ringsum.

Vom Eingang her ertönte das Klingelzeichen, das die Besucher zum verlassen des Friedhofs aufforderte.

Er blieb stehen und sah mich von der Seite an, mit diesem selben prüfenden Blicke des Mißtrauens von vorhin, als bereue er jetzt, mir die Geschichte Heinz von Soldens und seiner so plötzlichen und seltsamen Verwandlung erzählt zu haben.

Er sagte denn auch:

»Ich habe Ihnen als Erstem und Einzigem erzählt, was ich von meinem Freund selbst erfahren, aber ich möchte nicht, daß es publik würde, wenigstens nicht bei meinen Lebzeiten ...«

Ich wunderte mich etwas über den von ihm gewählten Ausdruck – »publik«, das klang so geschraubt –, hielt es aber im übrigen wieder nicht für notwendig, ihn eine selbstverständlichen Zustimmung zu versichern.

Er schien eine solche auch nicht zu erwarten, denn er gab mir nur noch schnell die Hand, ohne diesmal die meine länger als nötig zu halten.

Dann ging er zu dem Grabe seines Freundes zurück.

Als ich mich noch einmal umwandte, sah ich ihn dort, groß und breitschultrig, und wie er so dastand, den weiten Mantel jetzt leicht über die Achsel geworfen, mit dem weichen, dunklen Hut auf dem Haupte und in seinem langen Barte, durch den sich kaum die ersten weißen Fäden zogen, gemahnte er mich ganz an einen jener alten Götter der Germanen, von denen er in seinen Büchern so oft und so gerne sprach.

Sein Mißtrauen ist unberechtigt gewesen.

Ich habe nie daran gedacht, in diesen letzten zehn Jahren, die Geschichte, die ich an einem Herbsttag auf dem Friedhof von Marien so unerhofft gehört, zu verwerten. Bis jetzt, wo auch er nicht mehr ist, der sie mir von zehn Jahren erzählt, und wo – wie die Zeitungen schreiben – ›die Nation trauernd an der Bahre ihres größten zeitgenössischen Dichters steht‹ ...

Auch da habe ich noch gezögert und erst, als ich mich überzeugen durfte, daß auch in seinem Nachlaß sich nichts gefunden hat, was zu der Vermutung Anlaß geben könnte er habe sie selbst schreiben wollen, glaube ich mich berechtigt, sie nachzuerzählen. Warum sollte ich es nicht! – Vielleicht, daß doch der Eine oder Andere von den Wenigen, die ihren Helden (der kein Held war) in seiner Jugend noch gekannt, auch heute noch ein Interesse an der Lösung des ihnen einstmals aufgegebenen Rätsels nehmen.

Aber während ich jetzt schreibe, und das Rätsel Solden sich löst, erhebt sich das neue vor mir: was es war, das diese beiden Menschen zu einen so späten und dann noch so engen Freundschaft verband – ihn, der sein Leben rinnen ließ, wie es rinnen wollte, als er sah, daß er nicht stark genug war, es zu dämmen; und ihn, der sein Leben so fast in den Händen hielt, daß er auch da noch unbeirrbar Jahr um Jahr mit jedem neuen Werk um die entschwindende Liebe seines Volkes rang, als er doch schon sehen mußte, wie diese Liebe sich ganz anderen Dingen zuwandte, als der Dichtung.

Es ist ihm nicht mehr gelungen, diese Liebe zurückzuerobern und auch den Nobelpreis mußte er Jahr um Jahr an sich vorbei und in andere Hände übergehen sehen.

Denn es ist ein Seltsames um den Ruhm – mancher welkt so schnell wie die Kränze, die ihn verkünden, und schon mehren sich die Stimmen – dieselben, welche ihm seine letzten Lebensjahre so sehr verbittert –, die besagen, daß von seinem Werk bald nicht mehr übrig sein wird, als der Name, der über ihm steht, ein Name unter unzähligen anderen, und heute schon kaum mehr als ein Schall, verweht und vergessen in dem Brausen der Welle, die uns alle hebt, trägt und verschlingt ...

Das neue Rätsel dieser Freundschaft will sich mir nur lösen unter der Betrachtung der vollkommenen Gegensätzlichkeit nicht nur ihrer Charaktere, sondern auch ihres Schicksals. Ich habe das Gefühl, daß – wäre Heinz von Solden das geworden, was er in seiner Jugend versprach zu werden – die Beiden sich nicht hätten ausstehen können und sich, wo immer sie sich trafen, aus dem Wege gegangen wären, so weit wie nur möglich.

ENDE

Über tredition

Eigenes Buch veröffentlichen

tredition wurde 2006 in Hamburg gegründet und hat seither mehrere tausend Buchtitel veröffentlicht. Autoren veröffentlichen in wenigen leichten Schritten gedruckte Bücher, e-Books und audio-Books. tredition hat das Ziel, die beste und fairste Veröffentlichungsmöglichkeit für Autoren zu bieten.

tredition wurde mit der Erkenntnis gegründet, dass nur etwa jedes 200. bei Verlagen eingereichte Manuskript veröffentlicht wird. Dabei hat jedes Buch seinen Markt, also seine Leser. tredition sorgt dafür, dass für jedes Buch die Leserschaft auch erreicht wird.

Im einzigartigen Literatur-Netzwerk von tredition bieten zahlreiche Literatur-Partner (das sind Lektoren, Übersetzer, Hörbuchsprecher und Illustratoren) ihre Dienstleistung an, um Manuskripte zu verbessern oder die Vielfalt zu erhöhen. Autoren vereinbaren direkt mit den Literatur-Partnern die Konditionen ihrer Zusammenarbeit und partizipieren gemeinsam am Erfolg des Buches.

Das gesamte Verlagsprogramm von tredition ist bei allen stationären Buchhandlungen und Online-Buchhändlern wie z. B. Amazon erhältlich. e-Books stehen bei den führenden Online-Portalen (z. B. iBookstore von Apple oder Kindle von Amazon) zum Verkauf.

Einfach leicht ein Buch veröffentlichen: **www.tredition.de**

Eigene Buchreihe oder eigenen Verlag gründen

Seit 2009 bietet tredition sein Verlagskonzept auch als sogenanntes "White-Label" an. Das bedeutet, dass andere Unternehmen, Institutionen und Personen risikofrei und unkompliziert selbst zum Herausgeber von Büchern und Buchreihen unter eigener Marke werden können. tredition übernimmt dabei das komplette Herstellungs- und Distributionsrisiko.

Zahlreiche Zeitschriften-, Zeitungs- und Buchverlage, Universitäten, Forschungseinrichtungen u.v.m. nutzen diese Dienstleistung von tredition, um unter eigener Marke ohne Risiko Bücher zu verlegen.

Alle Informationen im Internet: **www.tredition.de/fuer-verlage**

tredition wurde mit mehreren Innovationspreisen ausgezeichnet, u. a. mit dem Webfuture Award und dem Innovationspreis der Buch Digitale.

tredition ist Mitglied im Börsenverein des Deutschen Buchhandels.

Dieses Werk elektronisch lesen

Dieses Werk ist Teil der Gutenberg-DE Edition DVD. Diese enthält das komplette Archiv des Projekt Gutenberg-DE. Die DVD ist im Internet erhältlich auf **http://gutenbergshop.abc.de**

Zeitfracht Medien GmbH
Ferdinand-Jühlke-Straße 7
99095 Erfurt, Deutschland
produktsicherheit@kolibri360.de